Danksagung

AF194338

Ich bedanke mich herzlich bei allen Beteiligten, die mir für dieses Projekt ihre Texte zur Verfügung gestellt bzw. extra dafür geschrieben haben. Dadurch konnte diese bunte und vielfältige Mischung entstehen.

Mein ganz besonderer Dank geht an meinen Kollegen und Freund Bastian Glumm vom SolingenMagazin, der mit viel Engagement und technischem Knowhow die gesamte Videoproduktion auf die Beine gestellt hat.

Martina Hörle (Hrsg.)

SOLINGEN ganz nah!

Kurzgeschichten, Rätsel,
Lieder und Gedanken

Bibliografische Information der Deutschen Nationalbibliothek

Die Deutsche Nationalbibliothek verzeichnet diese Publikation in der Deutschen Nationalbibliografie; detaillierte bibliografische Daten sind im Internet unter http://dnb.d-nb.de abrufbar.

Lektorat und Layout: Martina Hörle

Covergestaltung: © Frank Reimann

Videoproduktion: © Bastian Glumm

© 2022, Martina Hörle

Herstellung und Verlag: BoD – Books on Demand, Norderstedt

ISBN 9-783756-203734

Martina Hörle (Hrsg.)

SOLINGEN ganz nah!

Kurzgeschichten, Rätsel, Lieder und Gedanken

mit Fotografien untermalt

Vorwort

Gesucht – Gefunden

So die Titel gängiger Rubriken. Dort sucht oder findet man ein

Möbelstück, eine Waschmaschine, einen neuen Job oder den Partner fürs Leben.

Doch die wahren Schätze, die, die man über Generationen weitergibt, die, über deren Fund man am Lagerfeuer erzählt, die, die auch nach Jahren noch strahlen wie am ersten Tag, diese Schätze findet man dort nicht.

Die wahren Schätze finden ihre Entdecker, ohne dass diese nach ihnen gesucht hätten. Sie präsentieren sich als Geschenk.

Als Zugereister aus der Nachbarstadt spreche ich aus Erfahrung, habe ich doch Solingen nie gesucht. Auf wundersame

Weise wurde ich gefunden, von tollen Menschen, die zu Freunden wurden, von Orten, die mir ihre Geschichten verrieten, von Ideen, die im Laufe der Jahre zu meiner Erzählung wurden.

So führte mich die Verabredung mit einer Kollegin vor vielen Jahren in das schöne Gräfrath, bis heute einer meiner Lieblingsorte. Später dann, bei einem Kaffee auf dem Marktplatz, lernte ich einen stadtbekannten Galeristen kennen. Er sprach von vergessenen Malern, zeigte mir in seiner Galerie wunderbare Bilder. Nie zuvor hatte ich von all dem gehört. Und seit dieser Begegnung beschäftige ich mich mit eben jenen Geschichten, sie sind ein Teil von mir geworden.

Dieses Buch lädt Sie ein, auf Entdeckungsreise zu gehen. Lesen Sie von zauberhaften Erlebnissen und Anekdoten, in deren Mittelpunkt das schöne Solingen steht. Möglicherweise erkennen Sie den einen oder anderen Schauplatz wieder, vielleicht spüren Sie aber auch ganz neue Orte auf.

Lassen Sie sich finden …

Ihr Oliver Buchta

Inhalt

Wie ein Wunder

Das Sommerloch kündigte sich in diesem Jahr schon früh an. Die Pressetermine ließen zu wünschen übrig. Dabei war es erst Mai – aber was für einer. Die Sonne schien von einem wolkenlosen blauen Himmel, als wüsste sie nicht wohin mit ihren Strahlen. Ich saß am Schreibtisch und überflog eine Liste mit Jahreszahlen. Gab es nicht vielleicht ein Jubiläum? Irgendein besonderes Ereignis? Mein Blick fiel aus dem Fenster. Am liebsten würde ich jetzt einen ausgiebigen Spaziergang machen. Da blieben meine Augen an einer Zeile hängen.

Sieh mal an – da war ja was. Sogar gleich zwei Mal. Im Jahr 1957 schuf Lies Ketterer, eine der populärsten Künstlerinnen der Solinger Szene, eine eindrucksvolle Bronzeplastik: Den Dukatenesel. Er hat seinen Platz vor der Stadtsparkasse. Im gleichen Jahr gestaltete die Künstlerin an der Siedlung Gunther-/Krimhildenstraße mit einem einzigartigen Wandschmuck eine dortige Hausfassade. Beide Kunstwerke feierten in diesem Jahr ihr 60jähriges Bestehen.

Bei meinen weiteren Recherchen stieß ich auf immer mehr Kunstwerke, die Ketterer zum großen Teil im Stadtgebiet aufstellen ließ. Interessantes und spannendes Thema. Immerhin war es ja ein Stück Solinger Geschichte. Ich begann mit einer Aufstellung der Fakten, die ich herausgefunden hatte. Ein Bericht über Lies Ketterer – ein schönes Thema. Kurzerhand hängte ich meine Kameratasche über die Schulter, steckte die Aufzeichnungen ein und machte mich auf den Weg. Wenn ich mich schon auf die Spurensuche nach der Solinger Künstlerin machte, wollte ich außer den beiden 60 Jahre alten Exponaten auch die anderen Werke fotografieren. Jedenfalls, soweit sie sich auf Solinger Gebiet befanden und zugänglich waren.

Mittags hatte ich bereits drei Kunstwerke gefunden und von allen Seiten aufgenommen. Dann nahm ich mir den Bergische Kräher vor – ein aus Bronze gefertigter Hahn, der auf dem Rand eines Korbes steht und als Wasserspeier dient. Er sollte am Flockertsholz vor der Jugendherberge stehen. Auch wenn die Herberge mittlerweile Unterrichtsräumen der Süßwarenfachschule gewichen war, sollte die Plastik dort eigentlich noch zu finden sein. Also fuhr ich Richtung Gräfrath. Dort angekommen stellte ich meinen Wagen am Parkplatz bei der Fauna ab und machte mich auf die Suche. In diesem Stadtteil kannte ich mich bis dato nicht gut aus. Bis auf die Fauna natürlich, der ich wiederholt einen Besuch abgestattet hatte. „Wenn ich den Kräher nicht finde, nutze ich die Gelegenheit für einen ausgiebigen Spaziergang." So mein Plan.

Ich wechselte die Straßenseite und schlug die Richtung in einen der Waldwege ein. Irgendwo musste hier die Jugendherberge sein. Die Sonne gab alles, fast war es schon zu heiß für diese Jahreszeit. Doch ein leichter Wind sorgte für Kühlung. Ein süßlicher Duft wehte herüber. Welche Blüten mochten das sein? Da war die Herberge. Aber was für eine Enttäuschung. Das Tor, durch das ich auf das Grundstück gekommen wäre, war abgeschlossen. Ich ging ein paar Meter nach links und rechts am Zaun entlang. Vielleicht konnte ich von hier aus einen Blick auf den Kräher erhaschen. Die Bäume versperrten mir mit ihrem vollen Laub die Sicht. Und was jetzt?

Wieder stieg mir dieser süße Geruch in die Nase. Er erinnerte mich ein wenig an Sonnenschutzmilch und Strand. Was war das nur? Ich drehte der ungastlichen Jugendherberge den Rücken zu und ging in Richtung dieses Duftes. Von weitem glänzte etwas Gelbes durch die Bäume.

War da eine Veranstaltung? Hatte man Zelte oder Sonnenschirme aufgestellt? Der Duft wurde intensiver. Dann sah ich es.

Endlos weit erstreckten sich leuchtende Rapsfelder, im Hintergrund grün belaubte Bäume und darüber der wolkenlose blaue Himmel. Die Sonnenstrahlen verwandelten das warme Gelb in flüssiges Gold. Als sei die Natur explodiert und habe ihre Farben verschwenderisch über die Felder gegossen.

Ich stand nur da, stumm und staunend. Konnte das Wirklichkeit sein? Es war eher – magisch. Alle Gedanken waren aus meinem Kopf verschwunden. Ich konnte nichts weiter tun als diese unglaubliche Schönheit in mich aufzusaugen. Und ich wollte auch nichts anderes tun. Tränen stiegen mir in die Augen. Ich fühlte eine tiefe Ehrfurcht vor der Natur, die solch ein Wunder zustande brachte.

Wie lange ich dort gestanden hatte, weiß ich nicht. Irgendwann erinnerte ich mich an meine Kamera, die bis dahin unbeachtet über der Schulter hing. Auch wenn man dieses Wunder nicht in Fotos wiedergeben kann, wollte ich unbedingt ein paar Aufnahmen davon machen. Dass es hinterher wesentlich

mehr als nur ein paar waren, sei meiner Begeisterung ge-
schuldet.

Seit diesem Tag versäume ich in keinem Mai die Rapsblüte
am Flockertsholz. Und jedes Mal ist es wie ein Wunder.

Übrigens: Den Bergischen Kräher habe ich später auch noch
gefunden.

© Martina Hörle

1. Rapsfelder, Flockertsholz - © Martina Hörle

Mehr als nur eine Straße

Hier nun wird mir die Gelegenheit gegeben, mich über einen Ort in Solingen auszulassen, zu dem ich ein besonderes Verhältnis habe. Wer, wie ich, nicht nur in dieser Stadt geboren wurde, sondern stets hier lebte, wird mehrere solche Orte zu nennen wissen. Es gilt also, eine Auswahl zu treffen. So möchte ich über eine Straße schreiben, die mit meiner Biographie vielfältig verflochten ist, die mich nicht nur durch private Begegnungen, auch durch berufliche Verpflichtungen jahrzehntelang festgehalten hat.

Es handelt sich um keine Straße, die man aufsucht, will man einem Gast Sehenswürdigkeiten der Stadt zeigen. Aber sie atmet Tradition. Wochentags, nach getaner Arbeit oder samstags während des Vormittags nehme ich gern im dortigen Café Platz und beobachte die Menschen, die in Richtung des Marktes oder der des Bahnhofes streben. Unzählige Male stieg ich dort in Züge, die mich nach andernorts brachten. Reisenden, deren Ziel Solingen ist, präsentiert sich als Erstes diese Straße. Wie mag sie auf die Ankommenden wirken? Wie nehmen jene sie wahr, die hier wohnen, arbeiten?

Schon in vorherigen Jahrhunderten handelte es sich um eine Straße des Handels und Gewerbes, so wie die Königsallee es für Düsseldorf ist. Mit dem Berliner Kurfürstendamm hatte sie von jeher ihre Attraktivität für Gastwirte gemein, von denen im Jahr 1884 ein Dutzend dort niedergelassen waren. Denjenigen, die in den verschiedenen Lokalen zu tief ins Glas geschaut hatten, wurde heimgeleuchtet, denn die Straße war mit Gaslaternen bestückt. 1902 standen dort zwölf an der Zahl.

Auch selbstständige Handwerker sowie Händler boten hier Waren von bestechender Qualität an: Im Haus mit der Nummer 7 waren dies im Jahr 1896 der Konditor Friedrich Kleinilbeck und der Schuster Franz Ruhr, zwei Häuser weiter der Metzger Ernst Hermanns, dessen Berufskollege Robert Schick im Hause 13 seine Produkte feilbot. Gottlieb von Seigneur betrieb im Nebenhaus einen Zigarrenhandel. Porzellan, Mode- sowie Eisenwaren waren auf dieser Straße ebenso zu erwerben. Gleich zwei Buchhändler und Buchbinder gab es dort: Ludwig Böhmen im Hause 36 und Hermann Schönenberg drei Häuser weiter. Dem Ergebnis der Volkszählung vom 1. Dezember 1900 zufolge gab es auf dieser Prachtstraße einundneunzig Häuser, in denen 726 Personen lebten.

Viele dieser Häuser haben die beiden Weltkriege überstanden und zeugen noch heute von jener Zeit. Sie bilden den Körper der Straße, die Menschen, die sie beleben, deren Seele. Woran es mangelt ist der Geist, sieht man einmal davon ab, dass es im Hause 56 eine Buchhandlung, in unmittelbarer Nähe zwei weitere gibt.

Mit der Gestaltung einer Straße gestaltet sich unser Leben. „Cultura animi", wie es bei Cicero heißt, also Geisteskultur, gehört leider nicht so selbstverständlich dazu wie Tag und Nacht sowie die vier Jahreszeiten. Viele auf oder nahe dieser Straße lebende und arbeitende Menschen haben begonnen, dort einen neuen Zusammenhalt zu stiften, deren Charme zu nutzen und auszubauen. Mögen sie dabei Kunst und Kultur nicht vergessen. Es ist ihr zu wünschen, der Düsseldorfer Straße in Ohligs.

© Olaf Link

2. Düsseldorfer Straße, Ohligs - © Martina Hörle

Lebenswege

Der ausgesuchte Weg

Geradlinig, eindeutig

Beschützt, geschützt

Eine zum Ziel führende

Baumallee

Abzweigungen

Richtungsänderungen

Perspektivwechsel

Bisweilen sinnvoll

Letztendlich weiter gehend

Bis zum Ziel

Am Ende der Strecke

Davor wird es Zeit

Eine neue Route zu suchen

Der dann gewählte Weg

Geradlinig, eindeutig

Beschützt, geschützt

Eine zum neuen Ziel führende

Baumallee

So wählst und gehst du Wege

Zu Zielen

Die du erreichst

Oder auch nicht

Mit oder ohne Abzweigungen

Irgendwann

Sind Wege gegangen

Ziele erreicht

Dann heißt es

Innehalten

Ergebnisse betrachten

Fazit ziehen

Mit Bedacht weiter gehen

Zeit lässt Achtsamkeit wachsen

Weil du weißt

Die Zeit ist wahrhaft endlich

Für dich

3. Baumallee am ev. Friedhof, Ohligs - © Beate Kunisch

Min Rölscheïdt

Heïmat… Dat vertroude Woort.
Sehn mech örklech noh dem Oort,
schinns mer noh on aleg wiet,
lang verschött em Loup der Tiet.

Widdert, Rölscheïdt, Hus am Feild.
Kengerjohren. Kengerweilt.
Weeg nohr Wopper, die ech liëp,
drag ech hütt em Herten diëp.

Garden, Hüsken. Bureställ.
Pött lud en tem Waterspell.
Kuoh, die ut der Hangk mer frot.
Jansen- Öpp em Kotten sot.

Bosch on Beeke, Daag voll Glöck
kiehren nömmermieh teröck.
Schönersch hann ech nie gekort.
Heïmat… Dat vertroude Woort.

Jo, ech sinn van Widdert, nau gesaiht, vam Rölscheïdt. Do es für emmer min Heïmat, do sinn ech opgewahßen on hann do van 1962 bis 1974 min Kengkheït verbraiht. Gern well ech öch en paar Stöcksker van domols vertellen. En eïnem wor jiëden Rölscheïder grut, on dat wor em Lustern on Nöüschieren...

Witte Wäsche

Beï us om Hoff stongen fouf Hüser em Viereck öm nen Banden met Wäschelinnen eröm. Wenn min Muoder witte Wäsche hatt, dat wor vleïhts alle twei bes dreï Weeken, hong de Frau H. van geenüöwer emmer em Fenster on tault user Ongerböxen. „Nee, dat gehüört sech nit!", schrou se eïnes Dahs üöwern Hoff tem Fenster van minner Muoder erüöwer. On en den Fenstern van all den angern Hüsern schockelden de Gardinnen. „Nünntiëhn Stöcker van Ongerböxen! Wat für nen Utbleck! En grute Ferkesereï!" - „Passt mer bluß op", schrou min Muoder ut usem Fenster retur, „beï der witter Wäsche van öch verliëden Weeke sooch men keïn eïnzege Ongerböxe. On dat, dat es wohrlech en Ferkesereï!"

Der Meïsen Kaarl

En anger Stöcksken: Usen Brieëfdräger, dat wor der Meïsen Kaarl. Dag für Dag kom he met sinner gruter Täschen van

Owenwiddert nom Rölsched eronger geschlappt. He druog en blo Uniform, sin Mötsche sot mols jet scheïf om Koppe, on he wor döckes verschwett - keïn Wonger: Sinnen Weg wor wiet, he druog jo de Post en ganz Widdert, em Rüden on Friederschdall bes noh Vockert ut. Äs minnen Bruoder geboren wuort, frohden mech en Frau ut der Stadt, off us der Klapperstorch jet Kleïns braiht hätt. „Der Klapperstorch!?", gof ech retur. - „Jo, secher", saiht se, „kennß du den nit?" - „Vawegen Klapperstorch!?", gof ech ehr derdrop tröü Bescheïd, „die Batzestüpper beï us em Rölscheïdt brengt doch der Meïsen Kaarl!"

De Küöh sind loss

Min Kengerfröüdin, et Stina on ech stongen am Tunn, bekiëken de Küöh. On de Küöh derhenger bekiëken sech us, köuend, met gruten Klotzougen. Et wören arm Dier, meïnden et Stina. Se müößen emmer bluß Grass freten. Dobeï göf et em Bongert süöte Bieren on Äppel. Ech neckden. Hütt weït ech nit mieh, wer van us tweien den Efall hatt, die Küöh ut dem Gatter te loten. Ech weït ouch nit, wer den Riëgel em Dor open mackten, erenner mech bluß, wie die Dier met lautem „Muh! Muh!" erutschoten. Äwwer nom Bongert liëpen se nit, nee, quer üöwern Hoff! Wir Blagen liëpen ouch, ganz sier den Berg nom Widdert erop, äs hätten wer met dem Mallör nix te donn.

Us wor büs bang. Wall en half Stond baimelden wer op der Börsenstrooten eröm. Drop sooch men den Buren Jansen vam Höffgen, dem die Küöh huorten, met sinner Frau, dem Jong on der Dauhter op Trecker on Hänger nom Rölscheïdt fahren. De Bängde frot us baul op. Et durden sech jet, do kuomen die Burschlütt retur, ehr Küöh stongen hengen om Hänger. Met weïken Kniën schliëken wer us op heïm aan on daihten, dat nu der Houltleffel Kirmß fieren wüört. Platzdessen äwwer greïsden der Vader, äs he vertault, em Rölscheïdt wören de Küöh loss gewesen. De Motter lachden on meïnden, jet ernster, de Frau B. wör baul en de Fläude gefallen, äs en Kuoh beï ehr vür der Düren om Dürpel stong. Dreï Dier, saiht se, wören den Bosch eraff nom Rüden geloupen. Eïnt hätten se do ut der Wopper ghollt. Wie dat passiere koun, frohden ech mem Oschouldsgeseïhte. Der Riëgel vam Dor wör kaputt gewesen, meïnden der Pappa. „Och!?", saiht ech bluß on wieder nix. Ut Bängde vörm dangßenden Leffel behiël ech die Saake besser für mech… Jo, bes op den hüddegen Dag.

Der weïle Müter vam Rölscheïder Bosch

Em Rölscheïder Bosch leffden nen weïlen Müter. Menscheschöü wor he. Strehlen koun men en nit. Früöhowes schliëk he sech henger user Dengen, wo em de Muoder ongerm Köchefenster en Schöttel Melch on nen Teller met Wuorschtresten hegestault hatt. Die Reste kriëg se vör ömsöss en der Metzgereï Kneïht owen en Widdert. Su frohden die Metzgersche emmer: „Wellt Ehr jet Wuorscht für den Müter metnehmen?" - Aff on aan, wenn ens en grötter Stöck Fleïschwuorscht derbeï wor, gof de Muoder et mir: „Hie, dat es noch guot. Lot et der schmacken!"

Eïmol, wer woren tem Egeilen beï der Frau Kneïht em Laden, do frohden se wiër: „Wellt Ehr jet Wuorscht für den Müter metnehmen?" De Muoder neckden: „Jo, de wierd sech freuen." Drop geng die Metzgersche noh newenaan on kom teröck met nem Päcksken. „Es ouch Fleïschwuorscht derbeï?", woul ech wiëten. - „Fleïschwuorscht?" De Frau Kneïht kiëk mech aan on meïnden noch su: „Na, dat frett der Müter wall gern…?" - „Äwwer secher", verklörden ech ehr: „Wett ehr dann nit? Der Müter, de emmer de Fleïschwuorscht verputzt, sinn doch ech!"

Koustverstangk

Overgeten ouch dat: Eïnes Soterschdahs stong ech beï der Frau J. en der Stuof on sooch üöwerm Sofa en grut, nöü Beld met bongkten Bluomen droppen. – Hütt denk ech, et müöß en

Poster, nen Koußdrock ut der Siirusenreïh vam Monet gewesen sinn. – Noch hütt senn die Burschfrau wie hütt vür mer stonn en ehrem knatschruden Kiëdel; sie wiës met ehren decken, bläcken Mauen stoult op die Ongerschreft op dem Beld on strongßden ut vollem Halse: „Jong, sujet häßte noch nit gesenn: Nu hant wer nen echten Mozart!"

© Andreas Erdmann

4. Rölscheid, Widdert - © Andreas Erdmann

Wer bin ich?

Achtzehnhundertsechsundsiebzig
wurd' „Ich" einst geboren hier.
Sitz auf einem Block aus Glas und
halte in der Hand Papier.

Schreibe auf, was mir so einfällt,
schreib' es in der Sprache mein.
Sind Gedanken zu der Heimat,
und: In Mundart muss es sein.

Füller auf Abwegen

Das Geplärre der Welt verlässt man, indem man flieht. Niemand soll mich finden, wenn ich auf „Abwegen" meinen Platz der Plätze suche. Es ist seltsam, wenn ich dort ankomme. Manchmal fühle ich eine Leere in mir und will wieder gehen. Ein anderes Mal zieht mich ein Zauber in seinen Bann. Dann setze ich mich, um diese Momente zu konservieren. Und mein Füller tanzt auf dem Papier.

Der Organismus

Heute bin ich einem Wesen begegnet, das mir den Atem nahm. Zu groß, zu unfassbar waren seine Dimensionen. Als ich den Organismus wahrgenommen habe, war ich schon lange Teil desselben. Ich fühlte mich einverleibt und dennoch sonderbar aufgehoben. Warum ich keine Angst hatte? Ich weiß es nicht. Vielleicht hat es mein Denken verändert, meine Synapsen belagert, mir ein Tonikum verabreicht, oder mich unwissentlich unterworfen.

Ruhe umgab mich, ein unerwarteter Frieden. War ich wie dieser Jona, der von einem Wal verschluckt wurde? Isoliert vom Rest der Welt? Nein. Ich war frei in meinen Bewegungen, frei in der Richtung, frei zu handeln, und doch war ich anders. Ich spürte, wie diese Instanz von Größe eine Milde ausstrahlte, eine friedliche Überlegenheit. Das Wesen, das wie Viele wirkte, handelte wie Eins. Vernetzt in jeder Zelle, und ich, als Gast, mittendrin.

Eine Woge von Kraft und Energie pulsierte hier. Die belastete Luft wurde weitflächig angesaugt, gefiltert und mit frischem Sauerstoff angereichert, ohne Gegenleistung abgegeben. Und mir wurden Sorgen genommen, meine schwere Last. Heiterkeit und Leichtigkeit waren die Geschenke an mich.

5. Dorper Hof, Burg - © Armin Tofahrn

Was soll ich sagen? Als ich den Wald verließ, war ich ein Anderer und doch mehr ICH als zuvor.

Mein Baumstamm über dem Bach

Ich habe ihn nicht ausgesucht. Nicht bewusst. Es gibt so wenige Orte, wo man ganz da ist, nicht flüchtig. Mein Baumstamm liegt tot wie ein Seil über einem Tal im Wald. Ein kleiner Bach darunter plätschert mir sein Lied vor. Das Schaukeln beruhigt meine Seele, falls ich eine besitze. Darüber denke ich gerne nach. Hier dürfen meine Gedanken schweifen. Ich lasse sie los, ohne sie mit einem Seil zu befestigen. Sie kommen immer zurück, nur weiß ich selten, was sie da oben gedacht haben. Ich weiß ja nicht einmal, ob sie mir gehören. Oft stelle ich fest, dass sie sich verselbstständigen. Ich, der Kontrolle entzogen, darf schauen, sehe Bilder, Fragmente und schwups, landen neue Tintenkleckse auf dem Papier:

Mein Platz in der Welt

Ich starre auf das Papier. Seltsam, wie schnell es sich füllt. Die Wörter gefallen mir, weil ich dann weiß, was ich gedacht habe, während ich hier auf meinem Baumstamm verweile.

Hier ist ein „mein Platz". Einer von den Orten, die mich atmen lassen. Die Müngstener Brücke, mein Bergischer Schatz, ist ebenfalls nah. Jeden Tag bestaune ich sie, die Starke.

Mein Dorper Wald, ich umarme dich, mein fester Punkt. Zeitlos bleibe ich auf meinem Stamm, bis eine Ameise mich beißt oder Hunger und Durst mich in die Welt zurück katapultieren.

Ich komme wieder.

© Armin Tofahrn

6. Dorper Hof, Burg - © Martina Hörle

Mein Lieblingsort

Capo 2. Bund

```
D   A   D
    D              A            D
Manchmal sitz' ich bei mir in stillen Zeiten
    G           C            A
und frag mich dabei wo's mir so gefällt,
    D            A          G           D
doch brauch' ich dafür keine großen Karten auszubreiten
    G              E          A
und muss nicht fahren in die ferne Welt.
        G         A          D


Ich muss keine alten Steine in der Wüste suchen
      G           E              A
und brauch' keinen Raketenflug zum Mond,
    D             A          G             D
ich muss nur auf die Straße gehen und dann dreimal links
    G                 A          D
– und schon wird mein Reiseherz belohnt.


        D             A              D
Und keinem könnt' ich's ganz genau beschreiben,
    G            C            A
wo man die Zeit am besten hier vergisst,
    D            A            G           D
man kann an meinem Lieblingsort auch gar nicht länger blei-
ben,
    G          E              A
weil er jeden Tag woanders ist.
```

```
G            A           D
Ich mein' nicht unsre Schlösser oder Brücken,
  G              E         A
auch von den Stangentaxis sing' ich nicht,
  D          A           G          D
selbst messerscharfe Klingen können mich nicht so entzü-
cken
        G              A           D
wie mein Lieblingsort – doch den verrat' ich nicht.


     E                           A
Sonst nähm' ihn einfach jeder in Beschlag,
     E                           A
auch mancher, den ich selber gar nicht mag,
  G        C         A          D
es hätte die Geheimniskrämerei gar keinen Sinn,
         G      A       D
ständ' mein Ort in jedem Reiseführer drin.


     D           A           G   D
So reicht's für euch zu wissen, dass diese Stadt
        G                 C          A
und sie kommen auch ganz ohne Schilder aus,
     D           A           G          D
noch viele, ganz versteckte und geheime Orte hat,
     G              A              D   A   D
denn Fernweh hat man oft schon nach Zuhaus.
```

7. Viehbach, Merscheid - © Martina Hörle

8. Alter Bahnhof, Südpark - © Martina Hörle

Zustandbild

Sie fuhr dort vorbei, bevor sie es erfuhr.

Dort war der graue Bahnhofsüberbau, gesperrt überwuchert. Birken unter rostigen Teilen, lose Kabel endlos im Wind, ständig Buchstaben plus Daten und Herzen in Edding, haltbare Regenrinnen.

Es war die Verlassenheit, die ihr zustand.
Die projizierst du auf sie, alter Bahnhof, du holst sie ab, wo sie ist.

Sie hält nicht, doch du hast ihr mitgegeben, was du bist.
Was ist sie? Das verlassene Zustandbild ging in ihr vor, ausgemalt. Buchstaben bilden Namen, und seiner sah nach Edding aus, aber war radierbar.

Links von ihr begann die Trasse ohne ihn.
Sie wird weiter gegangen.

© Franka Niebeling

Liebesbrief an eine Villa Wolf

Dieser Liebesbrief ist der Villa Rasspe in der Cronenberger Straße in Solingen gewidmet. Wir wohnten hier zwölf glückliche Jahre in einer Hausgemeinschaft. Feierten rauschende Feste, führten Theaterstücke vor und unsere Kinder spielten miteinander. Aus irgendeiner unverständlichen Laune sind wir dann in ein Reihenhaus gezogen. Wir wollten etwas Eigenes haben. Drei Monate nach dem Umzug wurde uns die Villa zum Kauf angeboten. Frisch umgezogen, zögerten wir natürlich. Zögerten zu lange, bis sich ein anderer Käufer fand. Mein Bedauern war groß:

Geliebte,

wenn dich dieser Brief erreicht, hat dich bereits ein anderer erobert. Warum denn schreibe ich dir? Warum denn warte ich auf den Anruf, auf den einen Anruf, der alles klärt, den Telefonapparat anstarrend. Mein Herz blutet. Ich weiß, es ist töricht zu warten, denn es bleiben nur noch vier Tage (oder sind es drei?), bis du endgültig einem anderen gehörst.

Warum hast du mich damals zu dir gerufen? Warum gabst du mir das Gefühl, dass wir zusammengehören? Wir haben eine

Zwillingsseele, bedeutetest du mir. Wir atmeten die gleiche Luft, sangen die gleiche Melodie. Du lachtest mein Lachen, ich weinte deine Tränen.

Du warst schon immer einzigartig, hast dir nie etwas aus modernen Gewändern gemacht, deine Herkunft schmückte dich. Deine Augen schauten mich an – verliebt? Du musst zugeben, dass du nicht mehr die Jüngste bist, aber gerade das gibt dir das gewisse Etwas. Deine leuchtenden Augenlichter, die üppigen Wölbungen. Alles an dir war und ist überwältigend, eigenartig und besonders.

Aber du ächtetest mich und ich musste dich für immer verlassen. Du erlaubtest mir keine andere Wahl.

Ja, ich gebe zu, ich bin auf eine Andere hereingefallen, aber das nur, weil ich dich liebte. Und ich hasste dich, weil ich nur einen kleinen Teil von dir bekam. Du hieltest mich stets auf Distanz. Denn dein Herz gehörte schon damals einem anderen. Ich war nur ein Mieter auf Zeit. Ich wurde geduldet.

Und doch war ich so glücklich mit dir. Auch wenn du mir oft dein böses Gesicht zeigtest, dein ungemütliches Wesen, was mich zu deinem Diener auserkoren hat. Du hast dich lange wankelmütig gezeigt und ich musste, ja, ich wiederhole, ich musste dich verlassen. Und als ich dachte, ich hätte endlich mein Glück gefunden, eine neue Liebe, ohne Launenhaftigkeit und Ungezogenheiten, da kamst du zu mir mit einem Lächeln aus der Götterwelt. Aus deiner Büchse der Pandora rafftest du alle deine Reize heraus und besuchtest mich nachts, wenn meine junge Liebe schlief. Du verzaubertest mich mit deinem schillernden Wesen. Du hattest die Stelle gefunden, die ich vor allen Menschen versteckt hielt, meine Achilles-Ferse und schlichst dich durch die offene Tür meines Herzens. Immer tiefer, immer weiter.

9. Villa Rasspe, Cronenberger Straße - © Karla J. Butterfield

Ich kannte dich, hielt dich auf Abstand, lächelte dir unverbindlich zu. Ich war mir sicher, meine Gefühle im Griff zu behalten. So scherzte ich pflichtenlos und wunderte mich, wie leicht es war. Ich war dir nicht mehr verfallen.

Dann hast du dich mir angeboten, bedingungslos, zart und unversehrt. Wir wären wie füreinander bestimmt.

Sogleich wollte ich um dich werben und suchte all mein Hab und Gut zusammen, dass ich dir zu Füßen legen wollte. Alles, alles hätte ich dir gegeben.

Ich warf mir vor, dass ich in den Jahren unserer Beziehung nach anderen, vor allem nach Jüngeren Ausschau hielt und mit deren Unreife, dem einzigen, was du nicht besaßest, gespielt hatte. Sie waren so unkompliziert und verlangten nichts von mir. Es war so einfach! Aber gerade diese Oberflächlichkeit öffnete meine Augen für die Schätze deines Alters.

Geliebte, wenn es uns gelingen würde, dass wir zusammengehören, dass ich mein Leben in deinen Schoß und deine Arme legen darf, würde ich niemals mehr wagen, dich zu hintergehen. Ich würde dich verehren, dich verwöhnen, dich in den Himmel erheben. Wir zwei atmen gemeinsam die Sehnsucht nach vergangenen Zeiten, unsere kühlen Hände verschränkt und schauen vereint in den Garten der verbotenen Lüste.

Meine Geliebte, warum meldest du dich nicht? Ich sehe dich stolz auf der Straße stehen, deine Größe die anderen überragend. Deine weiten Gewandungen laden zum Tanzen ein, deine hohe Gestalt mit stolzem Haupt, Hände und Füße aus Marmor gemeißelt. Du Göttin meiner Träume, keiner außer mir sollte dich besitzen.

© Karla J. Butterfield

10. Villa Rasspe, Cronenberger Straße - © Karla J. Butterfield

Wer bin ich?

Gründung achtzehnvierundneunzig.

Um zu ehr'n die Monarchie,

war „Ich" nach einem Mann benannt.

Wer ich bin, errätst Du nie.

Hundertsieben Meter Höhe.

Eine Briefmarke gab's auch,

als „Ich" geworden hundert Jahr'.

Das ist hier bei uns der Brauch.

Unnersberger Pütt –
Quelle des Lebens

Schon als Kind hat es mich zusammen mit meinem Nachbarn und besten Spielkameraden Harald zum Unnersberger Pütt gezogen. Pütt bedeutet Schacht oder Mine, aber in rheinischer und Solinger Mundart auch Brunnen. Es ist ein schattiges Plätzchen, kühl, selbst im Sommer, und immer ein wenig feucht, eher unscheinbar neben der schmalen Straße gelegen. Auf den Mauern rundum wächst Moos. Irgendwo plätschert Wasser, man kann es nicht so recht bestimmen, denn die gekachelte Rinne, durch die einstmals Wasser aus dem Pumphäuschen strömte, liegt seit Jahren trocken und still.

Aber die Kühle und Feuchte sind nicht der Grund, warum mir an diesem Ort immer ein wenig schauert. Es liegt etwas in der Luft, das sich nicht so recht erklären lässt. Auch damals schon, als Zehnjährige zog mich etwas hierher, was mir gleichzeitig Angst einjagte. Lag es an der mit einem Vorhängeschloss versehenen Handpumpe oder dem Häuschen, aus dem jeden Moment eine Hexe hervorspringen konnte?

Erst Jahre später erfuhr ich, dass hier einst meine Eltern als Jugendliche Wasser geholt hatten. Denn damals am 4. November 1944 zerstörten die britischen Bomber das Wasserwerk in Glüder und unterbrachen damit die Wasserversorgung der Stadt. Meine zwölfjährige Mutter musste danach mit Eimern von der Wachtelstraße hierher, um für die überstrenge Mutter Wasser zu holen. Auch mein Vater kam von der Weinsbergtalstraße, um für seine Mutter und seinen kleinen Bruder zu sorgen. Am 5. November lief er gerade mit vollen Eimern los, als die britischen Bomber ein zweites Mal angriffen. Während sich mein Vater in den Graben warf und hoffte zu überleben, ging die Altstadt Solingens in Flammen auf. Er war damals fünfzehn.

Trotz des gurgelnden Wassers ist es still hier, und doch spüre ich etwas, es liegt sozusagen etwas in der Luft, etwas Altes und Gravierendes. Etwas murmelt – nein es ist nicht das Wasser – im Geist sehe ich Frauen in sorgfältig ausgebesserten Röcken und alten Mänteln, die Haare unter Kopftüchern verborgen, Schlange stehen, an jeder Hand einen Zinkeimer. Dazwischen warten Kinder, deren Hosen und Schuhe längst zu klein sind. Alle sind dünn, ja knochig, doch das ist es nicht, was auffällt. Es sind ihre Gesichter, in deren geweiteten Augen der Schrecken steht. Immer wieder schauen sie gen Himmel, sprechen mit gedämpften Stimmen oder gar nicht, so als wollten sie auf nahende Flieger horchen. Gleichzeitig steht da ein Glimmer der Freude und Hoffnung geschrieben, sobald sie ihre Eimer mit dem frischen, sauberen Nass gefüllt haben. Trotz der schweren Last gehen sie irgendwie erleichtert davon … nach Hause, in ihre Wohnungen, deren zerbrochene Fenster den Novemberwind hereinlassen. Keiner von ihnen ahnt, wie es weitergehen, wie lange der Krieg noch dauern wird. Sie wissen nicht einmal, was es morgen zu essen geben wird, geschweige denn ob sie ihre Männer, Brüder, Onkel und Söhne je wiedersehen werden.

Für mich ist der Pütt ein Wahrzeichen für unsere Vergangenheit, ein Denkmal, das an die Geschichte unserer Eltern erinnert, an die Überlebensfähigkeit und -willigkeit der Solinger. Er überbrückt unsere Geschichte, verbindet mühelos Vergangenheit mit Gegenwart. Auch heute lädt der Pütt zum Verweilen am Teich ein, auf dem, wenn man Glück hat, Enten ihre Jungen aufziehen, an dessen Ufer man im Schatten der Weiden einen Moment der Ruhe genießen kann. Gleichzeitig steht der Pütt für die Eventualität eines Notfalls bereit.

Für mich ist der Pütt unvergänglich, allzeit bereit, stetig, jedem der fragt, mit seinem lebensspendenden Nass dienlich zu sein.

Wer bin ich?

Neunzehnhundertvierundachtzig
fand im Mai die Gründung statt.
Und noch immer knallt und zischt es,
haut den Stahl der Hammer platt.

Feile, Amboss, Schmiedefeuer,
Werkstatt für die ganze Welt.
Aus dem Rohstoff wurden Klingen,
ach, so mühsam hergestellt.

11. Am Unnersberger Pütt - © Annette Oppenlander

Schieferhaus

I

Ich soll von einer Solinger Örtlichkeit erzählen, die für mich eine besondere Bedeutung hat oder hatte.

In einem alten Schieferhaus am Mangenberg wohnten wir. Dieses Haus in der Luisenstraße ist mir bestens in Erinnerung geblieben. Das Foto, auf dem es hier abgebildet ist, stammt allerdings aus dem Jahr 2003.

Mit einem Satteldach versehen, hatte es architektonisch wohl nichts Außergewöhnliches oder Schönes an sich, aber ich liebte es als mein Zuhause. Typisch für alte Gebäude im Bergischen Land, steht dieses Schieferhaus für meine normal gelebte Kindheit, an die ich mich überwiegend positiv erinnere. Es ist vor allem die persönliche Bedeutung des Hauses zu sehen, sie ist der Grund, weshalb ich hier von ihm erzähle!

II

In ihm spielte sich das Leben der Familie ab, wie das von so vielen Familien in den Sechziger Jahren des letzten Jahrhunderts, doch auch ein Teil des Berufslebens meines Vaters. Neben dem Haus befand sich ein Vorgarten mit einem Rasen (auf dem Foto rechts), der von Mietern regelmäßig gepflegt wurde. Im hinteren Teil des Anwesens: ein kleines Wohngebäude und auch ein kleiner Nutzgarten, der von meiner Mutter genutzt wurde.

Die Luisenstraße war in meiner Kindheit eher ruhig. Kinder konnten, wenn sie sich vorsichtig verhielten, auf dem Bürgersteig sicher spielen. Denn in dieser recht kurzen Straße, in der ich meine ersten Lebensjahre verbrachte, donnerten ja noch nicht die Entsorgungsfahrzeuge der Stadtwerke aufwärts in Richtung der städtischen Müllverbrennungsanlage. Als sie einmal errichtet war, wurde die Luisenstraße zu einer wichtigen Verbindungsstraße. Unterhalb von ihr liegt heute wie auch damals die breite Beethovenstraße, welche direkt nach Solingen-Ohligs führt.

III

In der Erinnerung war es eine schöne Zeit: Meine frühe Kindheit, die ersten acht Lebensjahre. Sie wurde mit viel kindlichem Frohsinn und Spiel verbracht. Gar nicht weit von der Müllverbrennungslage befanden (und befinden) sich Kirchen und Kindertagesstätten der beiden großen christlichen Kirchen. Jahrelang besuchte ich die eine Kindertagesstätte. Außerdem gab es einen kleinen Kinderspielplatz! Späterhin war über die Beethovenstraße und die Sandstraße der Fußweg zur Grundschule leicht zu meistern.

Ich wurde in eine Durchschnittsfamilie geboren. Mein Vater, aus Solingen gebürtig, war Kleinunternehmer und hatte viel zu arbeiten. Aus Ost-Berlin stammte meine Mutter, weshalb die große Stadt jenseits der in der Nachkriegszeit gern als „Demarkationslinie" bezeichneten innerdeutschen Grenze eines der bevorzugten Reiseziele unserer Familie war.

Wichtig war, dass genau gegenüber „unseres" Schieferhauses das etwas größere Schieferhaus einer mit uns befreundeten Familie lag. Es gehörte ihr auch. Sie betrieb einen Garagenhof, auf dem neben den Garagen ein kleiner Flachbau stand, der als Lager für Material und Gerätschaften genutzt wurde. Er diente als Betriebslager des Unternehmens meines Vaters. Die Kinder dieser sehr freundlichen Familie luden mich und meine jüngere Schwester oft zum kindlichen Spiel auf dem Garagenhof und der angeschlossenen kleinen Wiese mit Blick auf die Luisenstraße ein.

Wir hatten also Gründe, öfter hinüberzulaufen.

Nur: Vorsicht! Die Entsorgungsfahrzeuge der Stadtwerke - !

© Kay Ganahl

12. Luisenstraße, Mangenberg - © Kay Ganahl

Wer bin ich?

Bin schon über fünfzig Jahre,

sehr beliebt bei Jung und Alt.

Bei mir ist es sehr idyllisch

und so grün, fast wie im Wald.

Alles, was Du bei mir findest,

fügt sich ein in die Natur.

Auch die neunzehnhundertsechzig

aufgestellte Sonnenuhr.

Vor dem kleinen Haus

A

Solingen im Bergischen Land. Hier stehe ich, hier bin ich. Das ist so. Ganz einfach. Es blinzelt die Sonne zwischen Wolken hindurch. Und ich fühle mich gut.

Heute, ja gerade heute bin ich gekommen, um mich zu erinnern. Wahrlich, ich erinnere mich gern, besonders an die Kindheit! Das Staunen des Kindes und des Heranwachsenden. Es gab erste Versuche, das Leben zu meistern. Dabei doch auch schon die Zukunft vor Augen: Es konnte sich das Leben entwickeln. Das meiste, was einen umgab, war recht interessant. Die Details des Lebens wurden einem von den Erwachsenen eröffnet - Gefahren gab es aber auch.

Aber wo?

Endlich bin ich sicher, habe mich am frisch grün lackierten Gartenzaun auf den Bürgersteig vor unser altes, sympathisches Haus gestellt. Es ist kaum zu glauben, dass vieles hier wie früher auf mich wirkt. Schatten der Vergangenheit umranken nicht mein Gemüt. Konkrete Erinnerungen lassen das

Früher sogar etwas aufleuchten. Allerdings sind die Menschen hier und heute wohl überwiegend ganz andere.

Dieses Haus, voller Vergangenheit, ist genauso klein und schlicht wie früher.

Ich schaue es mir nunmehr etwas genauer an - die Leute auf dem Bürgersteig interessieren mich in diesem Moment gar nicht. Es war - jedenfalls in der Erinnerung - auch ein schönes, kindgerechtes Haus, in dem wir spielen durften. Gebremst wurden wir bloß von der ältlichen Vermieterin, die ein mildes Hausregiment führte - auch von Nachbarn, die öfter als nötig böse guckten und noch böser sprachen.

Die Straße, in dem es heute noch steht, war früher eine Durchgangsstraße. Es herrschte also eine gewisse Betriebsamkeit, verbunden mit Gefahren. Der Kindergarten, den ich besuchte, lag zu Fuß ungefähr zehn Minuten die Straße hoch. Das leichte Straßengefälle machte uns Kindern natürlich nicht zu schaffen. Doch bald war Schluss mit dem Cowboy- und Indianer-Spiel, mit dem Fangen und Verstecken auf dem Garagenhof gegenüber, wo wir spielten, weil wir mit den Kindern dort befreundet waren: Ich und meine Schwester.

Weiter ging es: Grundschulzeit. Ich hatte Freunde, die ich auf dem Weg zur Schule oft abholte. Wir schlenderten meistens heiter und erwartungsvoll zur Schule.

B

Ach ja, dieses kleine Haus, unser kleines Haus! Es war früher eines, dessen Fassade von echten schwarzen Schieferplatten ringsherum bedeckt war. So ist es natürlich in der Erinnerung geblieben.

Schieferplatten bedecken heute die Hausfassade nicht mehr. Wahrscheinlich war die Fassade baufällig. Hier und heute sehe ich eine schwarze Fassade aus Blech, Schieferplatten in Anmutung. Dies sieht, muss ich sagen, ziemlich billig aus. Man würde behaupten, es sei eine moderne Gestaltung.

Moderne Gestaltung?! Es soll alt bleiben. Und ich würde gern auf das Grundstück gehen, um zu überprüfen, ob im hinteren Teil noch der Nutzgarten ist, in dem meine Mutter früher Gemüse anbaute. Das hatte etwas von Selbstversorgung. Nun, es ist lange her. Und mit dem Blick in den Vorgarten über den Gartenzaun stelle ich fest, dass es keine Blumen gibt, jedoch eine flach gemähte grüne Wiese. Nur zu gern würde ich über den Zaun springen …

Die Zeit rast. Immer noch ist dieses Haus ein Augenschmaus.
Wer das Bergische mag, schaut es sich genauer an.

Zeit bedeutet für uns Menschen, neue Erfahrungen hinter uns
zu bringen. In diesem Haus haben wir jahrelang gewohnt. Es
waren die frühkindlichen Jahre. Aber leider: Dann zogen wir
auch schon weg.

Es kommt mir so vor, als wären in diesem Haus die dort ver-
brachten Lebensjahre gespeichert. Man muss sie nur abrufen.
Schon machen bunte Erinnerungen die Zeit von früher lebendig!

© Kay Ganahl

13. Luisenstraße, Mangenberg - © Martina Hörle

14. Alter Bahnhof, Südpark - © Ingo Schleutermann

Der alte Bahnhof

Es war Anfang der 2000er Jahre, als ich mit meiner ersten Digitalkamera Fotos von dem zerfallenden Gelände des alten Hauptbahnhofs machte. Ein strahlender Sonnentag, dessen Licht viel offenbarte, was im Kleinen und Verborgenen geschah; winzige Vorgänge, die, wie in einem immerwährenden Gleichnis, dazu beitrugen, dass dort eine neue Welt entstand, Natur und Menschen über Jahre hinweg eine andere Architektur dieses Ortes entwarfen und bauten.

Während des Fotografierens beobachtete ich immer wieder den Weg des Sonnenlichts, welches im Wechsel der Schatten kleiner Schlagsahnewolken in entspannter Eurhythmie von einem Gleisstrang zum anderen wanderte. Ich setzte mich auf eine Gleisschiene. Alles war friedlich und die Wärme des Tages ließ mich in eine Gedankenwelt hinübergleiten, die dem Licht als Erzählerin folgte. Es schien, als verweile es einige Zeit zwischen den Gleissträngen und suche dort nach alten Geschichten. Dann kletterte es fast unbemerkt eine dürre, blasiert dreinschauende Distel hoch. Doch sie schien dem Licht zu wenig gesprächig.

Es wandte sich gelangweilt ab und widmete sich lieber einer spaßig auftrumpfenden Gruppe gemeinen Schnittknoblauchs zu.

Amüsiert beobachtete ich diese Szene, als das Licht mitten in der Bewegung scheinbar innehielt. Knallig roter Mohn reckte sich ungeniert und laut hinter einer viel zu früh verstorbenen Buche zum Himmel auf. Ein bräsig äsender Borkenrüssler sah kauend und lässig dabei zu, als das Licht wie ein weicher Oktopus über den Mohn glitt, ihn ausgelassen einsaugte und sich leicht berauscht über das hohe blühende Gras legte. „Wusste ich auch nicht", dachte ich bei mir, „aber Licht macht das anscheinend manchmal."

Ein paar Zentimeter daneben, von dem glitzernden Spektakel nahe seiner Haustür gänzlich unbeeindruckt, legte ein gut genährter Mistkäfer letzte Hand an die Vollendung seiner aus Scheiße und Verstorbenem geformten Kugel. Die Fühlerbürsten des kleinen emsigen Kerls kreisten bei der Arbeit aufgeregt über die matte Oberfläche des in seiner Geometrie fast perfekt geformten Dungs. Ohne den Hauch einer Ahnung über sein eigenes Tun, war er ein selbstvergessener Schöpfer der besten erneuerbaren und nie versiegenden Nahrungsquelle für nachfolgende Generationen. Ein schwarz gepanzerter Visionär, schillernd im gleißenden Sonnenlicht, selbstlos und, wie schon die Ägypter befanden, irgendwie heilig.

Immer noch leicht benommen, löste sich das Licht von diesem einzigartigen Szenario. Es glitt, als ob die Zeit eine andere Relation hätte, über das farbenfrohe Arrangement verwilderter Natur, Müll und die rostigen Gleise des alten Hauptbahnhofs, trieb glitzernden Schabernack mit dem Glas einer halbleeren Flasche Hansa Pils, um unmittelbar daneben an eine freie, nur mit Gras bewachsene Stelle zu gelangen.

Zentimeter für Zentimeter schob sich das Licht über die kurze Wiese, neckte im Vorübergleiten noch vereinzelte Halme, bis es in der Mitte dieser kleinen Insel eine aufgeplatzte Dose „Tulip Frühstücksfleisch" peu a peu offenbarte, die in gelassener Langsamkeit danach strebte, sich wieder mit der Erde zu verbinden. Grüne, violette und weiße Fäden staksten und wucherten in einer bestechend farbigen und sehr toxischen Liaison, bestehend aus schwarz-brauner Soße und abgeblätterten Rostfragmenten, aus dem orange leuchtenden Gerippe des ehemaligen Blechbehälters fleischlicher Sinnlichkeit.

Gedankenverloren sah ich dem Licht zu, wie es noch eine Weile mit den blitzenden Reflexen der bunten Fäden und ruhigen Erdverbundenheit des oxydierenden Behältnisses spielte, bis es mit diesem Bild im Gepäck seine Reise zur Südseite der verfallenen Güterhallen des ehemaligen Hauptbahnhofs fortsetzte. Mehrere Stunden überflutete es die Rampe mit goldgelber Helligkeit, die in jeden Winkel der alten Abfertigungshallen drang, bis es sich ermüdet mehr und mehr mit dem Blaugrau der beginnenden Nacht verdünnte und verschwand.

Fasziniert von der Welt des Wandels bemerkte ich erst jetzt die kühle Dunkelheit und machte mich auf den Weg nach Hause.

Dieser Tag verschwand für viele Jahre aus meinem Gedächtnis, bis auf den kleinen Skarabäus, den ich später als heldischen Schneider von Ulm malte, als gescheiterten Pionier in Öl, der auch nichts mehr verhindern konnte.

Aber das Licht kehrte am nächsten Tag bei seiner täglichen Reise rund um die Erde wieder an diesen Ort zurück, beleuchtete bald darauf das emsige Treiben vieler Menschen, die von diesem Tag an eine einzigartige Begegnungsstätte der Kunst für Solingen entstehen ließen: Die Güterhallen!

Seitdem wächst und verändert sich jahrein, jahraus dieses Konglomerat unterschiedlichster Kunstschaffender organisch in die Zukunft, hervorgegangen aus lebendig buntem Zerfall kreativen Lebens und der Liebe zur Kunst, Licht und Schatten hinterlassend, Kühle und Wärme, Lebensfreude und Sterben. Ein Ort, an den ich nach vielen Jahren zurückkehrte und der mir heute eine künstlerische Heimat in Solingen bietet, gegenüber des längst vergessenen Schrottplatzes von Hans Paas, auf dem wir als Kinder spielten, in der Nähe des unerschütterlichen Skarabäus, der letztendlich doch weiß, wie es geht, und der ewig gleichmütigen Sonne. Ein Ort für alle Menschen.

© Ingo Schleutermann

'Ne Scherbe

'Ne Scherbe. 'N kleines Stück Steingut, aufgelesen am Wegesrand. Von rundlicher Form, mit Erde behaftet. Darunter schimmert es weißlich und blau, wohl von einem Zwiebelmuster... „Schmiet bluß die aul Schirwel weg, Konden!", höre ich Großvater sagen. „Ja, ja", erwidere ich zögernd, drehe die Scherbe zwischen den Fingern, schließe sie fest in die Hand.

Den rauschenden Flusslauf im Rücken, folgten wir dem steinigen Pfad, der uns steil bergan aus dem Talgrund führte. Es ging durch den Wald. Droben am Hang in einiger Ferne, zwischen blühenden Zweigen vom wilden Holunder, zeigten sich pechschwarze Balken in Vierecken, Dreiecken, Kreuzen mitunter, die Flächen von Fachwerk umrahmten. Schmutziges Weiß mit Spuren von Bläue – und teilweise, wo die Fächer zerbrochen waren, gelbbrauner Lehm und Streben von Zweigen, durchflochten von Stroh. „Opa, wer wohnt 'n da?", wollte ich wissen.

„Ha", lachte er, „in dem uralten Fachwerkhaus, da wohnt heute bestimmt niemand mehr!" Er keuchte, hielt an, zu verschnaufen, stützte sich auf seinen Stock und sprach dann zu sich selber - wieder in seiner Heimatsprache:

„Enee, Oberam, et geïht nit mieh su! Kortbörschteg bößte, on hüörsch alt tem aulen Iser."

„Gehen wir!", hieß es einer Weile. Die Bäume sprangen zurück in das Holz. Wir stiegen, von Stein zu Stein, eine ausgetretene Treppe hinauf. Oben angelangt, trat man auf knirschende Asche. Der Weg führte über den Hof. Vor dem Haus lagen versprengte Schindeln im Gras: Blutrote Flecken im leuchten-den Grün. Oben im Dachstuhl riesige Löcher. Daraus lugten Balken und Latten hervor, Latten wie Rippen, Rippen von ei-nem Knochengeripppe... „Komm, geh'n wir weiter!", drängte Großvater. - „Warte!" rief ich ihm vom Hauseingang zu. Der Treppenstein war bemoost. Die Haustür vernagelt, daneben, zwischen zwei grünen Schlagläden, von denen die Farbe ab-blätterte, gab es ein Fenster, gefügt aus sechs kleinen Schei-ben. Sprünge im Glas... Im Fenster Gardinen, arg schmutzig, Vorhänge mit einem seltsamen Muster von großen Blumen in Orange und Lila: „So war's damals modern", erklärte Großva-ter, der an meine Seite getreten war, „in den siebziger Jahren. Da warst du noch nicht geboren, mein Kind!" Ich stellte mich auf die Zehenspitzen, drückte das Kinn auf die Fensterbank: „Bist du sicher, dass hier niemand wohnt?"

„Na, vielleicht hausen Geister darin. Boschmänneker." - „O Opa!" - „So geh' n wir rasch weiter!", zog er mich zurück auf den Weg.

Nach einigen Metern zeigte er auf eine Anhäufung Ziegelsteine: „Dort stand das Klohäuschen." - „Klohäuschen?" - „Ja jo, liëwen Jong, et Hüsken, so was kennst du nicht mehr. Früher, als sich die Menschen noch aus dem eigenen Garten ernährten, brauchten sie so ein Häuschen mit Grube. Sie brachten den Grubeninhalt auf die Beete." - „Wozu?" - „Zum Düngen. Das war eine Wissenschaft für sich…"

Ein Stück weiter entdeckte ich, hinter hohen Brennnesseln, eine Menge von morschem Holz: „War das auch so ein Häuschen?" - „Nein, dort standen Ställe. Darinnen gab's Hühner, Kaninchen, sogar eine Ziege." - „Eine Ziege, woher weißt du das?" - „Woher ich das weiß…?" Er neigte das Haupt, schlug die Augen zu Boden und schluckte. „Ach, weißt du, mein Junge", seufzte er, seine Stimme färbte sich dunkel, „ich weiß es halt. Bitte, frag mich nicht weiter!" Da blickte ich zu ihm auf, bemerkte den feuchten Glanz auf seinen Augen. Er hatte die Stirn in Falten gelegt und wirkte bedrückt. Was war mit ihm? Wieso war er traurig?

Ich wollte ihm etwas Tröstendes sagen, ich suchte nach Worten, senkte den Kopf und sah hinab auf die Scherbe in meiner Hand. Und urplötzlich fährt mich Großvater an: „Sag bloß, du hast die Scherbe immer noch in deinen Drecksfingern!?" - „Ja... aber Opa, ich wollte..." - „Du woulß, du woulß!!", brüllte er lauthals drauflos: „Ech hann dir gesaiht, du sallß dat verdammegte Drecksschirwel wegschmieten!" Er fuhr herum an den Zaun; und ich hörte ihn fluchen: „Verdahl noch ens, wat nen flappegen Konden! Ballhüöreg esse! Verdaxmech!"

Im nächsten Moment hielt er inne. Er schnaufte noch – kehrte sich mir wieder zu, sah mich durchdringend an und sagte auf einmal: „Verdonnesminner! Es tut mir leid, mein Kind, dass ich so laut wurde." - „'S ist schon gut, Opa!" - „Behalte nur deine Scherbe!" Er lächelte freundlich, legte mir sacht die Hand auf die Schulter: „Junge, ich muss dir was sagen..." Da stockte er, zeigte ein trauriges Lächeln auf seinen Lippen, meinte dann: „Du..., diese Scherbe, dies kleine Stück mit dem Zwiebelmuster... es rührt wahrscheinlich von einer Tasse... und diese Tasse gehörte zu einem Kaffeeservice – dem Kaffeeservice deiner Großmutter." - „Meiner... Großmutter?", ich, hell erstaunt. - „O ja." Er hob den Blick, schaute über den Stacheldrahtzaun, hinein in das Feld voller Sonnenblumen: „Es war einmal, vor langer Zeit..." - „Bevor du im Altenheim lebtest?" - „Ja, lange davor. Nachdem ich aus dem Krieg zurückkehrte, bezog ich mit meiner Frau dieses Fachwerkhaus. Es war mein einstiges Elternhaus. Hier brachte sie dann deinen Vater zur Welt. Hier lebte ein Glück. Hier war unsre Heimat", bemerkte er noch, hob den Blick zu den ziehenden Wolken am Himmel, schluchzte auf und verbiss sich die Tränen.

15. Friedrichshöhe, Widdert - © Andreas Erdmann

Schweigend standen wir da. Nach einiger Zeit lösten wir uns, folgten langsam dem schmalen Pfad bergan durch die Felder. Ich ging voran und vernahm von hinterrücks, mir dicht im Nacken, Großvaters keuchenden Atem.

Und dann, als ob er laut nachdächte, hörte ich, wie er leis vor sich hinsprach; und das, was er sagte – mir ist geradeso, als hör ich's noch heute, da ich längst erwachsen bin, heute wie gestern, vor langer Zeit, dort auf unserem Weg durch die Sonnenblumen: „De Schirwel, nee, es dat dann müöglech... es war eine Tasse mit Zwiebelmuster... Die Tasse ist lange gehimmelt. Gehimmelt ist auch das Dach von dem Haus... Das Häuschen im Garten, die Ställe zerfallen... Gestorben die Tiere, alle Kaninchen und Hühner... Die Ziege, die arme – wie lang ist sie tot? Der ganze Hof – ist gestorben. Die Heimat – gestorben. Alles, was war, ist nicht mehr. Und alles, was kommt, wird ebenso sterben, wenn die Zeit da ist. Es sterben die Wälder. Es sterben die Bäume, alle, der Fluss tief im Grund... Die Berge ringsum werden vergehen und selbst die Steine mitsamt allem Sand und Staub auf der Erde. Die Sonne wird sterben, der Mond und die Sterne am Himmel...

Wir aber, wir, mein Enkel und ich, wir werden geboren, zu atmen. Auch wenn ringsum alles untergeht, der Junge und ich, wir werden atmen, atmen. Atmen! Das ist es. Das ist der Lauf des Lebens."

© Andreas Erdmann

16. Alter Bahnhof, Südpark - © Martina Hörle

In Zügen

Für Fabian

Stillgelegt klirren die Flaschen am asphaltierten Rest des Steiges aus und kühlen den einkehrenden Abend, unbedeutend ein Stück weit mehr. Wir lassen uns nieder jenseits eines Randes hinter Abgrund und Zaun, der überwuchert erst einmal nur dort liegt und manchmal ein wenig weht. Meine provisorische Jacke, die ich für gewöhnlich als nicht so wichtig erachte, wird beiseitegelegt. Es wird noch kälter werden, doch du zogst deine schon an. Braunes Leder steht dir gut, weil es dein Haar eben nicht betont, sondern sich einfügt in das Bild, das sich nicht entscheiden kann zwischen wild und unscheinbar. Irgendwie bist du beides zugleich. Das macht dich aus. Die Freiheit im Käfig, die du tragen kannst und die zu dir passt, du aber ablegen willst, da sie zu zeitlos ist. Du ziehst am letzten Zipfel deiner Jackentasche und erfreust dich nur wenig daran, dass die Kippe, die du findest, nicht gebrochen war. Dennoch hältst du sie mir hin. Du gibst sie mir nicht, weil du weißt, dass ich aufhören werde. Du hältst sie mir hin, weil ich das Feuerzeug halte, mit dem ich die Flasche öffne, die ich dir reiche.

Wir stoßen an Gedanken einer Zukunft, die nicht uns gehört, entfliehen dem mahnenden Stadtgeflüster in all seinen Stimmformen und rasten an verrosteten Gleisen und dunkler werdendem Grün. Wir wollen nur für einen Bruchteil verbleiben. Wir erwarten nicht viel, weil wir denken, dass der Stillstand nur ein Standbild sein darf, und stehenzubleiben bedeutet nicht hinterherzukommen. Deshalb lehnen wir an Pfeilereinschnitten neben abschürfenden Linien, die nicht zweckdienlich sind, weil sie beginnen, ihren Ansatz zu verlieren. Sie haben weder Anfang noch Ende. Sie hören einfach auf – mittendrin – sie tun es uns gleich. Deshalb gestatten wir dem Tag auf Schienen zu weichen, ohne ein Wort zu verlieren, über Alltäglichkeit, die ihm schon selbst leid war. Er lässt es uns spüren und wir fühlen mit. Heute jedoch klingt er heimlich aus mit dem ersten Zigarettenzug, der im Hals noch kratzt, und an der sündhaft unempfindlichen Latenz unserer jugendlichen Beständigkeit. Das erste Licht des Abends glimmt kurz auf in Rot, versiegt in Grau und fällt uns kathartisch zu Füßen, um sich kurz zu winden und dann liegen zu bleiben.

Der erste Zug kündigt sich hochfrequent an, rattert im behäbigen Tempo über sich noch haltende Gleise, unterbricht keinen Dialog, reißt an keinem Gedanken, legt sich leiser werdend in die Stille ein und zieht an uns vorbei. Er hält hier nicht. Er passiert und lässt uns sitzen im Exzess, der sich nicht lohnt und den wir uns nicht leisten können. Dennoch stoßen wir vehement an. Zuerst auf mich und dann auf dich. Auf das, was wir noch sind, und das, was da noch bleibt zwischen lethargischer Hoffnung und entjungfernder Verbitterung, für die wir eigentlich zu jung sein sollten. Ungestüm maßlose Jugend maßt sich an, nicht warten zu können im Vorbeirausch des Lebens. Man verpasst zu viel, man erlebt zu wenig, und in der Schnittstelle dieser Erschöpfung balancieren wir auf nicht mehr sichtbaren Linien, deren Zweck wir entfremden, da wir hochmütig sind und keine Fallhöhe kennen. Wir gestehen sie uns nicht ein, denn wir können es uns nicht leisten im Exzess des Erwachsensein-Müssens. Du ziehst die letzten vier Schlucke in einem herunter, schmierst dir den Schaum mit halboffener Faust durchs Gesicht, lässt ihn am Mundwinkel hängen und legst die Flasche nieder. Ich komme kaum hinterher und vertrage nicht viel. Ich bin ein ernüchterndes Abbild einer Trinkgesellschaft, und trotzdem sitze ich hier, während du deine nächste Flasche öffnest und meine an meinen Fingerkuppen hängt, mit den letzten beiden Schlucken für die ich länger bräuchte, hörten wir auf anzustoßen, doch das können wir nicht. Oder wir wollen es nicht. Also trinken wir solange, bis sich die Nacht auf uns legt, das Glas nicht mehr zu durchschauen ist und damit unerheblich wird, wie leer die Flaschen wirklich sind.

Wir verlieren unseren Blick, der gegengleich pendelnd aneinander vorbeizieht und hängen bleibt, sich in die Ferne verguckt und bei ihr verweilt, weil er behauptet, zu ihr zu gehören, und weil Leichtsinn zu fliegen verlangt, sich dann der Schwerkraft entsinnt und uns trotzdem missbilligt von oben. Wir haben ihn in den Dingen verloren, nach denen wir uns schon lange nicht mehr sehnen. Es spielt keine Rolle, denn er entledigt sich selbst seines Sinnes und räumt uns den Platz. Setzt uns in den Zugzwang unserer Sprache. Er erhebt seine Stimme. Er schreit uns an, und wir schreien zurück. Wir schreien jenem Blick hinterher, der sich entsetzt auf uns richtet, denn unsere Worte sind laut. Sie sind pathetisch und größer als wir, weil sie lediglich sind und nicht verlangen zu sein. Sie stellen sich hin und lehnen sich auf und nicht an Pfeilerbrockenreste, an denen es nach Pisse riecht, wenn man nicht trinkt oder raucht. Sie wüten durch die Stille des Bahnsteigs, schwanken in Sätze, schlagen Wellen von Empörung und Sich-nicht-verstanden-fühlen im tiefen Meer der Erwartung. Jeder stellt sie an uns. Wir sprechen uns frei, doch entsprechen ihr nicht. Wider Erwarten erwarten wir zu viel von uns selbst, und der zweite Zug wirft im Scheinwerferlicht eine Schneise, prescht lauter als unsere Stimmen zusammen, bannt unsere Blicke an sich und versiegt in der Dunkelheit, während unsere Sätze in Bedächtigkeit münden und erbarmungslos in Schweigen zerfließen. Du umklammerst den nächsten Flaschenhals, schnürst ihn zu und reißt die Krone ab.

An rissigen, leicht nächtlich bedeckten Linien reihst du dich ein. Du trittst an die Schwelle, überschreitest die letzte weiße Kontur von Sicherheit und setzt die Flasche nicht an. Du entschließt dich zu warten.

Du wartest auf den nächsten Zug, der wieder vorbeizieht und dich nicht einsteigen lässt, weil du an einem Bahnhof stehst, den man vergessen hat und der still liegt, wie ich.

© Thang Nguyen

Wenn, Danns
Koordinaten lyrischen Standpunkts

Wenn täglich Erinnerung goldener Wert ist,
die Schönheit des eigenen Lebens zu kennen,
Dann atme tief ein, diese Worte zu nennen.

Wenn rastlose Blicke durch alltagsgetrübte
Pupillen behutsam in Träume entgleiten,
Dann zeigen sich plötzlich romantische Weiten.

Wenn Wolken sich türmen, versammelt zu Stürmen,
mit peitschenden Grüßen, geboren zu wüsten,
Dann rührt sich das Wesen, die Ferne zu küssen.

Wenn maßgeblich Stille die Nächte durchschreitet
mit Mondstreif auf Feldweg zum Horizontflimmern,
Dann glitzert ein Lichtermeer unter den Wimpern.

Wenn Münder verrucht deine Sehnsucht zerreißen
Aus eigener Schank-Kölsch/Alt-Äquator-Verzweiflung,
Dann färbt nur die Dämmerung sanft das Schwarzweiß bunt.

Wenn Sinnlichkeit ganzheitlich Seele ergründet,

Gefühle verbindet mit wildschöner Weitsicht,

dann flutet das Tagebuch Tinte mit Einsicht.

Wenn unsere `Rinnerung altert, natürlich

Und ballastlos schleichend vom Schlechten sich teilend,

Dann bleibt nur die Aussicht auf bessere Zeiten.

Wenn Koordinaten dein Wesen beschrieben

und Finden des Ortes den Pfad meiner Liebe,

Dann wäre das hier – Beichte lyrischer Tiefe.

© Franz Elmar Fuhrmann

17. Hintenmeiswinkler Weg, Widdert - © Martina Hörle

Wer bin ich?

Bin in einem alten Stadtkern.
Vieles gibt's bei mir zu seh'n.
Teils von früher, teils von heute,
auch Konzerte wunderschön

Tausende von Kunstobjekten,
die sind hier im ganzen Haus.
Meine Ausstellung, die wechselt.
Neu kommt rein und alt geht raus.

Sohn von David und Louise
hatte damals die Idee:
Kinder brauchen kluge Orte,
lernen hier das ABC.

Einweihung war neunzehndreißig.
Auch der Name war von ihm,
denn er war ja Ehrenbürger.
Dann ist so was legitim.

Der Baum

Ich musste jahrelang schon an ihm vorbeigegangen sein. Ich merkte es erst so viel später, als ich ihn wirklich in seiner ganzen Schönheit und Gänze wahrgenommen hatte. Plötzlich war er da, war nicht mehr wegzudenken aus meinem Leben. Plötzlich hatte er Raum. Da, wo vorher keiner war. Da, wo es so eng in mir gewesen war. Und diesen Raum hatte er sich genommen, ohne danach zu fragen, ohne ein großes Aufheben davon zu machen, ohne etwas zu fordern. Vielleicht, weil er dieser Raum war. Vielleicht, weil er selbst dieser Raum ist und bleiben wird. Doch wer weiß das schon?

Es gibt ein großes Feld, hinter der Fauna, neben jenem Punkt, der wohl der Höchste in ganz Solingen ist. Doch was ist schon hoch? Es ist die Weite, die mich seit jeher dort fasziniert, die mich innerlich weit werden lässt und frei. Der Wind lässt mein Haar wehen. Meine Schritte werden weich. Ich sehe, wie sich die Gräser durch sein Streicheln wiegen. Dort, so scheint mir, kann ich durchatmen. Dort, so ist mir, könnte mein ständig denkender Kopf kurzzeitig das Quasseln aufhören.

Ich bin nun seit 40 Jahren hier unten auf diesem wunderschönen Planeten, doch leider habe ich selten Momente, in denen es in mir nicht denkt oder zerdenkt. Oft quält mich das. Oft fühle ich mich falsch. Und so lief ich an diesem Tag auf meinem gewohnten Weg. Tränen rannen über mein Gesicht, und alles erschien mir so ungerecht. Ich bin wie ein Vogel im Käfig. Wie ein Vogel im Käfig. Wie ein Vogel im Käfig tönte es in mir. Öffne endlich die Tür. Vor mir flogen sie, die Vögel. Die, die nicht in Gefangenschaft waren.

In diesem Moment nahm ich ihn zum ersten Mal wirklich wahr. Meinen Baum. Der Erste einer langen Reihe. Der Letzte einer langen Reihe. Je nachdem, wie man es betrachtete. Je nachdem, welchen Blickwinkel man einnahm.

Schüchtern ging ich zu ihm hin. Was machte ich hier eigentlich? Ich wusste es selbst nicht. Die Rinde, über die meine Hände strichen, hatte etwas Tröstliches. Er schwieg, der Baum, er urteilte nicht, er hörte nur zu. Unter meinen Fingerspitzen fühlte ich leises Pochen. Leben. Energie. Strom. Verbundenheit.

Nach und nach lernten wir uns kennen. Ich sah ihn im Regen, in der Sonne. Ich sah, wie das Gras um ihn wuchs, wie Hunde an seinen Stamm pinkelten. Ich fragte ihn, ob es ihn nicht störe. Er schwieg, doch ich fühlte die Antwort. Das ist das Leben. Und so erzählte ich ihm von meinem. Von meinen Ängsten, meinen Sorgen, von meinen Erfolgen und meinen Niederlagen. Manchmal schwieg ich auch nur und umarmte ihn. Wenn Wanderer an mir vorbeigingen, schauten sie zu mir hin. Zuerst schämte ich mich, dann war es mir egal. Ich schloss die Augen. Warum steckt noch so viel Scham in uns allen, warum können wir uns nicht gänzlich frei davon machen?

Mein Baum wird noch da sein, wenn ich nicht mehr bin. Für mich hat dieser Gedanke etwas Tröstliches. Das ist das Leben.

Vielleicht wird in vielen Jahren eine junge Frau an ihm vorüber gehen, ihn bemerken und ihre Hände auf seine Rinde legen. Dann wird er ihr von mir erzählen. Dann wird sie leises Pochen fühlen. Leben. Energie. Strom. Verbundenheit. Liebes, du bist nicht allein.

© Nadine Diab-Heinz

18. Blutbuche am Flockertsholz, Gräfrath - © Nadine Diab

Eine Ewigkeit

Ich freue mich, dass ich gebeten wurde, von mir zu erzählen. Wie lange ich hier lebe, kann ich nicht sagen. Merkwürdigerweise kommt es mir nicht wie eine Ewigkeit vor. Im Gegenteil. Was ist schon eine Ewigkeit? Wie ich mich fühle? Na, jung vielleicht nicht, aber auch nicht alt. Vielleicht wie im mittleren Alter, so sagt man wohl.

Natürlich hat sich im Laufe der Zeit vieles geändert. Die Jahreszeiten zum Beispiel, früher waren sie deutlicher abgegrenzt. Im November war es oft frostig, es gab viel Schnee, der lange liegen blieb. Die Temperaturen waren meist wochenlang unter null Grad. Heute schneit es kaum noch und wenn, dann ist der Schnee am nächsten Tag bereits weggeschmolzen. Die Wildgänse sind dieses Jahr erst Ende November weggeflogen, sonst war es Oktober, früher noch eher.

Die Sommermonate werden trockener und heißer. Es hat gut drei Jahre in Folge sehr wenig geregnet. Kennt ihr das, wenn man durstig ist, dieser wahnsinnige Durst aber nicht gelöscht werden kann? Und diese glühende Hitze, den ganzen Tag steht man in der gleißenden Sonne, unerbittlich brennt sie alles weg. Keine Ahnung, wie ich das in den nächsten Jahren aushalten soll.

Auch meine gesamte Umgebung hat sich verändert. Gab es damals noch viele große Einzel- und Doppelgräber, gehen mittlerweile die Sargbestattungen zurück. Stattdessen gibt es immer mehr Urnenbeisetzungen. Da braucht man nicht so viel Platz, und der Pflegeaufwand ist geringer. Jetzt gibt es dadurch hier viel mehr kleine Rasenstücke, aber auch schon große Rasen- und Wildblumenfelder. So kommen inzwischen nicht nur die Angehörigen der Verstorbenen hierher, um die Gräber zu pflegen und der Toten zu gedenken. Nein, es kommen jetzt auch Menschen, die sich gerne in der Natur aufhalten und ein wenig Ruhe haben möchten. Ein Friedhof im wahrsten Sinne des Wortes.

Da ist zum Beispiel Frau Hartmann aus der Firma gegenüber, die ihre Mittagspause hier verbringt. Sie geht vom Eingang den Weg geradeaus, setzt sich manchmal da rechts auf die Bank. Sie kommt immer allein. Wenn die Sonne scheint, hebt sie den Kopf, schließt die Augen und lächelt. Ab und zu schaut sie auf ihr Handy oder isst sich etwas, das sie mitgebracht hat. Dann steht sie nach einer Weile wieder auf und geht zurück.

Es kommt auch vor, dass sie sich vorsichtig umsieht und wenn niemand kommt, geht sie auf mich zu und umarmt mich. Das erlebe ich hier nicht so oft.

Vor Jahrzehnten kam ein junges Paar vorbei, sie versuchten, ein Herz in meine Rinde zu ritzen. Das tat zwar weh, aber es ging schnell vorbei. Gleiches ist übrigens auch meinem Enkel passiert, der hat das leider nicht so einfach wegstecken können, er wäre fast gestorben. Dem Paar gelang es auf jeden Fall nicht bei mir mit dem Ritzen. Sie nahmen ein grünes Plastikstück, keine Ahnung woher es kam, ich glaube, es war ein Deckel, schrieben mit einem Stift A und J darauf, umrahmten das Ganze mit einer Art Herz und steckten es in die Kerbe, die sie mir vorher versetzt hatten. Die beiden kamen dann immer wieder hierher, Hand in Hand, oft lachend, aber einmal haben sie sich auch handfest gestritten. „Joachim, so kannst du mit mir nicht umgehen." Die junge Frau stemmte ihre Arme in die Hüfte und runzelte die Stirn. „Dann geh doch, ist mir vollkommen egal.", hörte ich ihn rufen. „Ist vielleicht sowieso besser so." Die Frau fing an zu weinen und lief weg. Joachim blieb stehen und ging danach langsam zum Ausgang. Danach habe ich die beiden einige Zeit nicht mehr zusammen gesehen. Einmal kam Joachim hierhin, sah sich um, kam auf mich zu und strich mit seiner Hand über das grüne Plastikstück in meiner Umhüllung. Dann, wieder einige Zeit später, kamen beide hier vorbei. Die Frau hatte einen immens dicken Bauch, sie unterhielten sich über Babys, Geburten und ihre Zukunft. „Du kannst doch hier in der Klinik entbinden. Dann ist es nicht weit weg von zu Hause." Joachim nahm sie in den Arm. „Anja, es wird alles gut." Wieder verging eine Weile, da kamen die beiden mit einem Kinderwagen. Und kurze Zeit, also ein paar Jahre später, mit einem Kind, das lachend um mich herum hüpfte. Sie nannten es Bianca. Und was soll ich sagen, es dauerte wieder nicht lange, nur ein paar Jahre später, da war Bianca eine junge Frau und Anja und Joachim waren alt. Anja ging am Stock und hustete ständig, und ich meine, dass Bianca einen dicken Bauch hatte. Alle drei sahen viel auf den Boden, aber sie lachten auch und sprachen angeregt miteinander. Irgendwann kam Joachim mit Bianca und einem Kind daher, sie gingen ganz hinten in den Bereich, wo die vielen Urnengräber sind. Dort standen sie und legten irgendetwas ab. Joachim hatte seinen Kopf gesenkt, und Bianca weinte. Nur das Kind lief hin und her und wollte Blumen pflücken.

„Lass das, Enja, das darf man hier nicht!" Bianca lief zu ihr und nahm sie an die Hand. „Komm wir gehen, es ist schon spät." Joachim schlurfte auf sie zu.

Ja, und vor kurzem kam mittags Joachim alleine, und als er von dem Urnengrab zurückging, saß Frau Hartmann auf der Bank da drüben und aß ihr Brot. Joachim blieb stehen, ich konnte kaum verstehen, was er sagte. Nur so viel, dass er sie schon einige Male gesehen hätte, und was sie denn hier machen würde jeden Mittag. Frau Hartmann lächelte die ganze Zeit und meinte, dass sie in der Firma gegenüber in der Buchhaltung arbeiten und in ihrer Mittagspause die Natur und die Stille hier genießen würde. Am besten gefiel ihr die Blumenwiese, es sei so schön, die vielen Bienen zu beobachten. Schließlich stand sie auf, und die beiden gingen langsam zum Ausgang. Seitdem treffen sie sich öfter mittags, gehen ein Stück gemeinsam, auch zu dem Urnengrab. Heute kamen die beiden wiederum her, diesmal saß Joachim im Rollstuhl, und Frau Hartmann schob ihn langsam vor sich her.

So gehen die Jahrzehnte ins Land, ich könnte euch noch viel über die Menschen erzählen, die sich hier aufhalten. Tagaus, tagein, jahraus, jahrein, ich sehe sie alle von meinem Platz aus. Wie eine feststehende Kamera kann ich sie alle beobachten, manchmal wünschte ich mir, ich könnte sie auch einmal woanders erleben. Bei ihnen zu Hause zum Beispiel oder unterwegs. Aber nein, ich kann meinen Standort nicht ändern. Ich sehe sie hier alle älter werden, und irgendwann sterben sie, auch ich werde älter, wahrscheinlich sterbe auch ich irgendwann. Wenn noch viele solcher Sommer kommen werden, sicherlich deutlich früher als üblich. Aber meinen Verwandten und Freunden geht es genauso. Ihr wisst es längst, es liegt an unserer Umwelt, an unserem Klima, das sich rasant verändert. Was kann man tun? Wir helfen uns hier schon untereinander so gut, wie es geht. Aber lange können wir das nicht aushalten, auch zusammen nicht. Ihr müsst was ändern. Ihr wisst es auch, es gibt keinen anderen Weg. Ansonsten werdet ihr uns nicht mehr lange erleben. Aber was heißt lange? Ist Zeit etwas anderes für euch als für mich? Nichts ist ewig. Aber was ist schon eine Ewigkeit?

© Beate Kunisch

19. Fichte am ev. Friedhof, Ohligs - © Beate Kunisch

Nur so geht's

Ein Rad huscht vorbei. Zwei welke Rosen liegen auf der Rampe – wie am Grab einer vergessenen Liebe. Jemand spielt Klavier. Rolfs Sohn ist auf der Suche nach einem Schräubchen. Man hört Leute. Ich weiß, ich habe das Richtige getan!

Die kleinen Dinge machen das Leben in den Güterhallen aus. Ja, wir haben Solingen verändert! Magie kommt auf, die Menschen freundlicher macht.

Ein Dorf: Magnet für Skurriles – Heimat – Luxus – Freiheit – Inspiration – Menschlichkeit – und eine wunderbare Streitkultur! Das macht meinen Lieblingsplatz in Solingen aus.

Gerade fällt mir auf: Seit ich hier lebe, war ich gar nicht mehr in Urlaub! Brauche ich nicht. Meine Wohnung – an der Tür steht „Hier wohnen Ellen und Peter – Südpark-Honig 5 €". Ich halt's mit Andy Warhol: „Lebe wie ein Bettler, und wohne wie ein Fürst."

Meine Werkstatt nebenan ist zu einem eigenen Kunstwerk erblüht. Oder?! Ein wunderschöner Ausstellungsraum. Besucher sind willkommen zum Staunen und Sprechen.

So sollte die Welt sein!

© Peter Amann

Wer bin ich?

Bin im Südpark einst entstanden,
vor nicht allzu langer Zeit
War im Jahr zweitausendsieben,
stehe für die Ehrlichkeit.

Zeige alles, wie es sein soll.
Ganz exakt und sehr genau.
Und daneben steht ganz dreist ein
billiger Ideen-Klau.

20. Atelier Pest-Projekt, Südpark - © Martina Hörle

Mandelplätzchen

Es war an einem Donnerstag im Juni. Ich saß im Zug von Freiburg nach Solingen. Außer mir waren nur wenige Reisende im Abteil. Ein junger Mann mit Brille hatte seine Nase in ein Buch vergraben. Den Titel konnte ich nicht erkennen, der Inhalt schien aber interessant zu sein. Nicht ein einziges Mal blickte der Leser auf. Hin und wieder schob er die Brille wieder nach oben. Ein älteres Paar unterhielt sich leise. Der Dackel zu ihren Füßen bekam ausreichend Streicheleinheiten. Zehn Uhr am Vormittag ist nicht gerade die Hauptreisezeit. Mir war es recht. So konnte ich in Ruhe meinen Gedanken nachhängen.

Wann war ich zuletzt in Solingen? Viele Jahre war es meine Heimatstadt gewesen. In Gräfrath hatte ich gelebt, nah am Marktplatz mit seinem Brunnen. Flankiert durch schieferverkleidete Fachwerkhäuser, die angrenzenden engen Gassen mit Kopfsteinpflaster – hier schien die Zeit stehengeblieben zu sein. Doch immer noch ein Kommunikationstreff, bei Jung und Alt gleichermaßen beliebt und geschätzt.

Dann hatte mich das Leben nach Freiburg geführt. Vor ein paar Tagen hatte ich meinen 60. Geburtstag gefeiert. Ich war vorzeitig in Rente gegangen und genoss jetzt die noch ungewohnte Freizeit. Am Abend meines Geburtstages hatte ich, als die Gäste gegangen waren, in einem alten Fotoalbum geblättert und wehmütig in Erinnerungen geschwelgt. Dabei war ich auf ein Bild aus Kindertagen gestoßen. Ein kleines Mädchen mit langen braunen Zöpfen, die bestimmt bei jedem Schritt wippten. Mit strahlenden Augen stand es vor einem kleinen Café und biss genießerisch in einen Keks. Nein, es war ein Plätzchen – ein Mandelplätzchen. Ich erinnerte mich genau. Wenn ich fleißig im Haushalt geholfen hatte, gab es zur Belohnung manchmal einen Groschen. Den trug ich zum Café und erstand zu meiner großen Freude eine Tüte voll von köstlichen Mandelplätzchen, die so gut schmeckten wie nirgends sonst auf der Welt. Fast spürte ich den Geschmack wieder auf der Zunge.

Das „kleine Café" war es überall genannt worden. Es hatte nicht weit vom Marktplatz gelegen, am „Täppken", einer kleinen Gasse, die früher zu einer der vier öffentlichen Wasserstellen in Gräfrath gehörte und ihren Namen einem steinernen Waschgefäß verdankte.

Vor meinem inneren Auge sah ich es in allen Einzelheiten. In den Fenstern mit den grünen Schlagläden standen Sammeltassen auf unvermeidlichen Häkeldeckchen. Alte Holztische, ein Plüschsofa aus rotem Samt, ebenso gepolsterte Stühle. Über allem ein kaum wahrnehmbarer Duft aus Vanillezucker und Schmierseife. Kleine Holzfiguren baumelten von der Decke herab, und die Wände waren bestückt mit Familienbildern. Auf einer alten Schiefertafel stand in geschwungenen Buchstaben: „Heute frischer Apfelkuchen". Die Eingangstür hatte beim Öffnen immer ein wenig geknarrt, ebenso die Dielenbretter.

Wie mochte es wohl jetzt aussehen? Bald würde ich es wissen. Ich war etwas aufgeregt. Ob der Kellner Konrad wohl noch da war? Nein, das war nicht möglich. Inzwischen waren ja mindestens 50 Jahre vergangen. Doch bis heute sehe ich noch seine strahlend blauen Augen und sein liebes Lachen, wenn er mir für meinen Groschen die Tüte mit den Mandelplätzchen gab. Manchmal steckte er mir zusätzlich eines in die Hand: „Du musst doch vorher davon kosten, bevor du sie kaufst." Ich strahlte, stopfte mir rasch das Plätzchen in den Mund und winkte Konrad zum Abschied zu.

Die kleine verwinkelte Gasse gab es noch und mit ihr das Kopfsteinpflaster. Auch das Café war noch da. Über der Tür hing ein langweilig aussehendes Schild mit dem ebenso langweiligen Namen „Café am Markt". In den Fenstern standen keine Sammeltassen mehr. Neugierig spähte ich durch die Scheibe. Die Eingangstür knarrte wie früher, als ich die Klinke herunterdrückte. Ich trat ein und sah mich um. Die Holzfiguren waren von der Decke verschwunden. Überall standen quadratische Tische mit je vier Stühlen. Die waren mit lustigen bunten Kissen bedeckt, aber nicht in Rot. Auch das Sofa hatte man entfernt. Der Raum war gemütlich, aber ohne die heimelige Atmosphäre, ohne den Duft aus Vanillezucker und Schmierseife. Leicht enttäuscht setzte ich mich an einen Tisch am Fenster und wartete auf die Bedienung.

Es war nicht viel los. Zu spät für einen Mittagsimbiss, zu früh für den Kaffee am Nachmittag. Für mich nicht. Ich bestellte bei dem jungen Mann, der an meinen Tisch trat, einen Kaffee mit Mandelplätzchen und freute mich schon auf den lange ersehnten Genuss. Der Kellner schaute ratlos. „Mandelplätzchen haben wir leider nicht, gnädige Frau. Darf es vielleicht ein Stück Apfelkuchen sein? Er ist ganz frisch, gerade vorhin erst fertig geworden."

21. Täppken, Gräfrath - © Andreas Erdmann

Unsanft zurück in der Gegenwart, lächelte ich ihn verlegen an. „Entschuldigung, das war dumm von mir. Natürlich haben Sie keine Mandelplätzchen. Ein Stück Apfelkuchen nehme ich sehr gerne." Er lächelte zurück, nickte kurz und eilte zur Theke. Ich schaute ihm betrübt nach. Insgeheim hatte ich gehofft, dass die Zeit 50 Jahre auf mich gewartet hätte. Nein, auch an diesem Ort hatte es sie unaufhaltsam vorwärts getrieben. Wenigstens war der Apfelkuchen noch da.

Der nette junge Mann brachte den Kaffee und stellte ihn vor mich hin. Daneben ein riesiges Stück Kuchen. „Ich hoffe, er schmeckt Ihnen", sagte er zuvorkommend. Ich schaute in seine strahlend blauen Augen und fühlte einen Kloß im Hals. Mit einem Räuspern griff ich zur Kuchengabel. Zögernd blieb er neben dem Tisch stehen. „Verzeihen Sie bitte, ich möchte nicht neugierig sein, aber warum fragten Sie vorhin nach Mandelplätzchen?" Es schien ihn wirklich zu interessieren. „Möchten Sie nicht einen Moment Platz nehmen?", bot ich ihm an.

Mittlerweile waren die anderen Gäste gegangen. So setzte er sich zu mir an den Tisch und hörte aufmerksam zu, während ich von meinen Erinnerungen und von Konrad erzählte. „Ich bin wohl inzwischen in dem Alter, in dem man die Erlebnisse der Kindheit verklärt", äußerte ich melancholisch. „Es ist ja wirklich sehr hübsch hier, nur eben anders als früher."

„Wie lange werden Sie hier sein, gnädige Frau?", wollte der Kellner wissen. „Ich bleibe nur ein paar Tage. Am Sonntag fahre ich mit dem Abendzug wieder zurück. Aber vorher komme ich bestimmt noch einmal her", versprach ich und meinte es ganz ernst damit. „Das würde mich sehr freuen", erwiderte er. „Und dann werden Sie auch Ihre Mandelplätzchen bekommen. Das verspreche ich Ihnen."

Freudig überrascht schaute ich ihn an. „Das wäre wunderbar. Sagen Sie, würden Sie mir wohl Ihren Namen verraten?" Er schaute mich mit seinen blauen Augen an und schenkte mir ein liebes Lächeln. „Für Sie heiße ich Konrad."

© Martina Hörle

22. Täppken, Gräfrath - © Andreas Erdmann

Die Blutbuche

für R.

„Aber das ist doch nur ein Baum, Papa!"
Nur ein Baum? Vom Schmunzeln fangen meine Äste an zu rascheln.

Guten Tag, kleines Menschenkind.
Hey. Du. Ja, dich meine ich. Kannst du mich hören?
Wahrscheinlich nicht, solange du da unten um meinen Zaun herumtollst, während der Menschenmann dir hinterherjagt. Gleichwohl bin ich mir fast sicher, du könntest mich hören, wenn du einen Moment innehältst, die Augen schließt und ganz leise bist.

Fast alle Menschenkinder können mich hören, solange ihre Seelen noch unbeschwert sind von Leid, Schmerz und Kummer dieser Welt. Sind sie noch klein und unverbraucht, sind ihre Seelen verknüpft mit einem leuchtenden Netz, unsichtbar für die Augen, das alles auf dieser Welt miteinander verbindet. Sie hören noch den alten Ruf, unhörbar für die Ohren, der ewig in ihren Herzen pocht. Je älter diese Seelen werden, desto blinder und tauber werden sie für diese Verbindung, bis sie schließlich im Schatten einer vagen Erinnerung verblasst. Wie habe ich es noch gleich bei einem Menschlein vernommen? Genau! ‚Weg-rationalisiert'. Dieses hübsche Wort entsprang freilich einem anderen Kontext, gleichwohl empfinde ich es als recht zweckdienlich.

Ich beobachte sie gerne, die Menschen. Sehr unterhaltsam. Bei ihnen verändert sich so vieles in so kurzer Zeit - und diese kurze Zeit erscheint ihnen so ewig! Faszinierend, wie sie fortbestehen, Verbindungen eingehen, ihre Bahnen ziehen – trotz einiger unsinniger Gepflogenheiten, denen sie sich im Laufe ihres Lebens unterwerfen.

Wir, meine Brüder, Schwestern und ich, unterwerfen uns nicht. Wir wachsen, stetig, geduldig, über uns hinaus. Statt unsere Zeit mit unzähligen inhaltslosen Worten zu füllen, fühlen wir. Wir fühlen. Kommunizieren auf diese Art still miteinander. Verbunden, nicht durch flüchtige Worte, sondern einem ewigen Fluss aus Energie, geboren aus Emotionen. Von den mächtigen Wurzeln, tief in der Erde, bis zur Krone mit dem Wunsch, die Wolken zu berühren.

Ich glaube, die Menschen spüren diese Verbundenheit. Manchmal scheine ich einen spannenden Widerhall dieser in ihrem Handeln zu entdecken. Auch beeindruckt haben mich die Menschen durchaus schon des Öfteren. Die, die mich hier besuchten und mich Zeuge ihrer Geschichten werden ließen. Ich könnte erzählen! Mehr als ein Leben könnte ich mit Berichten füllen! Was für eine Vorstellung, nicht wahr?

Hey! Kleines Menschenkind! Gib acht! So tollkühn, wie du die vereinzelten Steine erklimmst, möchte ich meine Äste ausstrecken, dass du ja nicht fällst.

Komm ruhig her zu mir. Nur keine Scheu. Wie ich sehe, gefallen dir meine Blätter. Auf das hübsche Rot-Violett bin ich sehr stolz. Die grünen Blätter meiner Brüder und Schwestern sind auch durchaus ansehnlich, gewiss, doch meine sind etwas Besonderes. Blutbuche nennt man mich. Den Baum des Lebens. Früher haben die Menschen mich als etwas Besonderes angesehen. Die Blutbuche. Der Baum, in den der Blitz nicht einschlägt. Eine einstige Binsenweisheit. Wo ist diese Zeit nur hin?

Nun ja, genug von meiner eigenen Geschichte. Ich schweife ab. Sag, kleines Menschenkind – jetzt, wo du dort an meinem Wurzeln sitzt und eines meiner Blätter in den Händen hältst, hörst du mir ja vielleicht wirklich zu. So lass mich dir eine Geschichte erzählen. Weißt du, es ist eine meiner liebsten...

Ich sehe es noch genau vor mir, als wäre es gerade erst passiert. Das hübsche junge Ding, das hier eines Tages überraschend auftauchte, sich zögerlich umsah, über den Zaun stieg und dicht an meinen Stamm einen fliederfarbenen Briefumschlag hinterließ. Sorgfältig beschwert mit einem Stein. In der untergehenden Sonne hat ihr Haar wie flüssiges Gold geschimmert. Kaum wähnte sie den Umschlag gut aufbewahrt, war sie auch schon wieder verschwunden. Außergewöhnlich, findest du nicht? Ach, hätte ich den Umschlag nur augenblicklich öffnen können!

Viele andere Menschen kamen noch zu Besuch an diesem Abend, aber niemand bemerkte den Umschlag. Nicht, während der Mond seine Bahn zog, und nicht, während die Sonne ihm folgte. Und dann, nach einer weiteren Nacht, war frühmorgens ein junger Mann an meinen Zaun getreten. Mit der aufgehenden Sonne im Nacken, verbarg er das Gesicht hinter einer großen Kamera-Linse. Nach einigen Fotos hielt er plötzlich inne, ließ, stutzig geworden, die Kamera sinken und stieg vorsichtig über meinen Zaun. Er sammelte den Umschlag auf und verschwand kopfschüttelnd. Noch am selben Tag allerdings kam er zurück, das ist das eigentlich Außergewöhnliche, und hinterließ seinerseits einen Umschlag. An derselben Stelle, ebenso zögerlich, wie sie es getan hatte. Wie freudig die junge Frau mich umarmte, als sie später seinen Umschlag fand! Herumgesprungen ist sie. Gerade so, als wäre sie noch einmal so alt wie du, kleines Menschenkind. „Ein Brief!", hatte sie gerufen. „Jemand hat wirklich geantwortet!" Einfach zauberhaft. So eine ehrliche Freude hatte ich zu diesem Zeitpunkt bei euch Menschen schon lange nicht mehr gesehen.

Einige Male konnte ich die beiden nun dabei beobachten, wie sie Briefe füreinander hinterließen. Tag für Tag zog dahin. Mal kam die eine, mal der andere. Mal mit einem Brief, mal ohne, aber nie begegneten sie sich. Nicht ein einziges Mal kreuzten sich ihre Wege unbeabsichtigt beim Briefaustausch. Gleichwohl die beiden sich doch recht auffällig umsahen und immer häufiger, immer länger verweilten bei ihren Besuchen. Oh, wie enttäuscht sie dreinschauten, ließ eine Antwort einmal auf sich warten! Wirklich ganz außergewöhnlich, dieses Schauspiel. Diese beiden Menschen fesselten mich. Liefen doch alle anderen ihrer Art bloß noch mit diesen kleinen elektronischen Dingern in der Hand oder am Ohr herum.

Die Ungeduld und Neugier hatten zuletzt schon so weit von beiden Besitz ergriffen, dass sie sich mit dem Lesen der Nachrichten, zu meiner großen Freude, keine Zeit mehr ließen. Augenblicklich wurden die Briefe des jeweilig Unbekannten hier am Fuße meines Stammes geöffnet und so war es mir endlich vergönnt, einen Blick auf ihre Zeilen zu werfen...

Liebste Unbekannte,
ich kann kaum glauben, dass wir uns immer noch schreiben. (Schon ein beachtlicher Zeitraum für einen Briefwechsel im 21. Jahrhundert, oder?)
Du bist mir irgendwie so nah und deutlich zu sehen. Dein Inneres, deine Gedanken, Gefühle, ich würde sagen, das, was dich im Kern einfach ausmacht (und ich einfach wahnsinnig klasse finde). Doch dann erscheinst du mir gleichzeitig so fern. Wie in einem undurchsichtigen Nebel. Lese ich deine Zeilen, wünsche ich mir eine erste echte Begegnung immer sehnlicher herbei. Ich habe Angst davor, mit diesem Wunsch, der

sich inzwischen immer häufiger in meine Tagträume schleicht, alles kaputt zu machen. Den Zauber zu verlieren - aber dann denke ich, nur ein paar Worte von Angesicht zu Angesicht, vielleicht ein verschmitztes Lächeln von dir, wären alles, was passieren könnte, wert.

Mein Herz springt schon wie wild in meiner Brust, wenn ich durch den Torbogen Richtung Buche laufe. Ich hab ihn übrigens noch. Deinen ersten Brief. Deine ersten Worte, auf diesem fliederfarbenen Papier, sind sicher in einer kleinen Holzschachtel verwahrt, und nichts bringt mir mehr Freude, als diese Worte immer wieder vor meinen Augen tanzen zu lassen. Ist das nicht verrückt? Deine versteckte Nachricht, zuerst nicht viel mehr als Neugierde darüber, ob du eine Antwort erhalten würdest, ist in meinen Händen gelandet. In den Händen eines Suchenden. Ohne es so wirklich zu wissen, hab ich nach dir gesucht, glaube ich. Meine erste Antwort (hast du sie eigentlich noch?) ohne große Hoffnung, aber umso größerer Spannung war auch nicht viel mehr als Neugier. Aber nach einem Sommer voller Briefe schreiben dir nicht mehr Kopf und Hand, sondern mein Herz und meine Seele, wenn ich ehrlich bin. Mein Herz ist es jetzt auch, das dich bittet, mir meinen Wunsch zu erfüllen und meine Frage zu beantworten (und ich weiß, du bist sehr gut darin, Fragen gekonnt auszuweichen, und ich weiß auch, dass du denkst, das hier zwischen uns würde nur davon leben, Tinte auf Papier zu sein, und dass ich dich im echten Leben niemals so mögen könnte, wie ich es jetzt gerade tue, aber das ist Blödsinn. Und selbst wenn, möchtest du ewig mit einem ‚Was wäre, wenn' leben? Das ist gar nicht mal so romantisch, wie es zuerst scheint! Meine Meinung zumindest) Wird sich deine Stimme eines Tages von Papier erheben und mir im Schatten unseres Baums entgegentreten?

In Liebe,
Ein Sommerregen

Was für ein Brief! Nicht wahr? Gedankenversunken hat sie sich das Papier an die Brust gedrückt und in meine Krone geschaut. Ich konnte spüren, wie aufgeregt, aber auch unsicher sie war. Beruhigend ließ ich meine Blätter für sie rascheln. *„Na los. Antworte ihm. Trau dich nur"*, habe ich ihr immer wieder zugeflüstert. Und wie sie da so saß und meinem Blättertanz folgte, war ich mir fast sicher, dass sie mich hören konnte.

Denn mit einem Mal hatte sie sich mit leuchtenden Augen auf-
gerichtet, ihr Briefpapier aus der Umhängetasche gezogen
und passioniert eine Antwort verfasst...

Liebster Unbekannter,
ist es nicht noch viel verrückter, dass wir uns schon so lange
schreiben, schon so viel voneinander wissen, aber so wesent-
liche Dinge, die durch deine Zeilen gleichzeitig so banal wir-
ken, wie ein Name zum Beispiel, nicht miteinander geteilt ha-
ben? Ja, nicht einmal danach gefragt haben!

Jetzt muss ich an Shakespeare denken: Was ist schon ein
Name? - Und ist es nicht einfach wunderbar, dass, obwohl ich
dein Gesicht noch nie gesehen und dein Lachen noch nie ge-
hört habe, eben dieses Lachen gerade spüre? Obwohl, viel-
leicht ist es eher ein kleines Schmunzeln - eins, das die Augen
erreicht, sie zum Leuchten bringt und den einen Mundwinkel
ein bisschen hinaufkitzelt, weil du weißt, was ich meine.

Niemals hätte ich darauf gesetzt, dass jemand diese kleine,
versteckte Nachricht wirklich finden würde. Noch weniger
habe ich damit gerechnet, dieser Jemand würde sich die Mühe
machen, diesen kleinen unbedeutenden Brief mitzunehmen,

sich hinzusetzen und sorgfältig und durchdacht - mit Tinte auf Papier - eine Antwort zu verfassen. Das hat mich beeindruckt. Du hast mich beeindruckt. Ich hätte singen können vor Glück in diesem Moment, und die Sonne hat die raschelnden Blätter strahlen lassen. So wie jetzt gerade. Damals hatte ich das Gefühl, als wäre deine Seele das erste Mal bei mir gewesen - nicht bloß Neugier - und ich wusste: Das hier wird etwas Besonderes. Ein kleines großes Wunder.

In Liebe
Das Mädchen, das im Regen tanzt

PS: Ja, ich habe deinen Brief noch. Ich habe sie noch alle.
PPS: Ich werde morgen Abend, wenn die Glocken sieben läuten, an der Kirchmauer vor der Buche auf dich warten...
PPPS: Ich weiß, dass du diesen Brief bis dahin gelesen hast, aber um sicher zu gehen - morgen ist Mittwoch.

„Der letzte war zu viel, oder?" Diese Frage hatte sie offensichtlich an mich gerichtet. Lachend raschelte ich mit meinen Blättern als Antwort. „Hmm. Ich habs durchgestrichen, aber er wird es trotzdem lesen können. Sicher ist sicher, oder?" Wieder hatte ich ihr raschelnd geantwortet und sie, die Augen geschlossen, einmal tief ein- und ausgeatmet, den Umschlag an die gewohnte Stelle gelegt, und war, ohne sich noch einmal umzuschauen, leichtfüßig von dannen gezogen. Jetzt war es also soweit. Ein Treffen. Wie aufregend!

Als er ihren Brief dann las, oh, kleines Menschenkind, gejubelt hat er. So laut, dass ich mich erschreckt habe und nicht nur ich. Eine Spaziergängertruppe ist sogar stehen geblieben. Oh, wie er sich freute! Und nachdem er auf sie zu gerannt, sie alle umarmt und wie ein Löwe mit ihrem Brief in der Hand gebrüllt hat: „Sie kommt her! Sie will mich sehen! Mich!", da haben diese ihm völlig fremden Menschen ohne Weiteres mit ihm mitgejubelt. Einfach außergewöhnlich.

Da stand er nun, am nächsten Abend und wartete. Die Sonne tauchte alles in ein goldenes Licht, während die letzten Töne der Kirchenglocken langsam verhallten. Seine aufgeregte Anspannung war förmlich zu greifen. Meine Blätter zitterten nervös im leichten Wind. Die Glocke war nun endgültig verstummt, und er stand immer noch da, an der Mauer. Allein. Die Minuten verstrichen, und ihm war anzusehen, wie ihm immer elender wurde. Es musste unweigerlich mindestens eine halbe Stunde ins Land gezogen sein, da seufzte er schwer. Der arme Kerl. Ich hatte nicht gedacht, ihre Geschichte würde auf diese Art und Weise enden. Du etwa, kleines Menschenkind? Einige Blätter ließ ich auf ihn herabschweben, um ihn zu trösten, während er sich unverkennbar wappnete, zu gehen und seine glühende Hoffnung hinter sich zu lassen. Da tippte ihm jemand ganz zaghaft auf die Schulter.

Was soll ich dir noch berichten, kleines Menschenkind? Dir, wie du dort unten sitzt. Noch so klein, und doch so großartiger Teil dieser Geschichte, die eine meiner liebsten ist. Schau sie dir an, die beiden, wie sie dastehen, nach all der Zeit und all den Briefen. Du bist wahrhaftig ein kleines Wunder, weißt du das?

Und gerade die kleinen Wunder scheinen mir, nach all der Zeit, die ich hier schon weile, doch immer wieder die allergrößten zu sein.

© Jule Pommer

23. Buche am Klosterhof, Gräfrath - © Bastian Glumm

Stiehls Teich

Vor vierzig Jahren sahst du riesig aus, als ich dich das erste Mal sah. Ein Katzensprung vom Wohnhaus entfernt, konnte ich dich fast jeden Tag besuchen. Um dich herum gab es so viele Dinge zu entdecken. Der große Hügel, der damals wie ein gewaltiger Berg anmutete, wurde im Winter mit dem Schlitten erklommen. Du selbst warst oft zugefroren mit einer dicken, glitzernden Eisschicht, und alle Kinder aus der Nachbarschaft trafen sich zum Eislaufen.

Jahre später wirktest du viel kleiner, warst aber immer noch Anlaufpunkt Nummer Eins. Oft saßen wir auf der Wiese am Ufer und haben mit Freunden gequatscht, wenn wir vor den Eltern unsere Ruhe haben wollten. An deinem Steg wurde heimlich die erste Zigarette geraucht und die ersten Küsse verteilt.

Wieder Jahre später wurde es wilder. Als Teenies war für uns dein Steg der Treffpunkt nach der Schule, vor und nach der Disko, im Frühjahr und Sommer, nach dem Sport… eigentlich immer. Manchmal haben wir dort sogar gelernt.

Am Wochenende saßen wir oft mit mindestens zwanzig Personen zusammen. Auch das ein oder andere Kaltgetränk wurde vertilgt. Nachts sind wir mal von einem Ufer zum anderen geschwommen. Das war unsere Wette, ich hatte leider verloren.

Aber wir haben dich immer geachtet... nie unseren Müll liegen lassen. Dafür warst du zu schön... unser zweites Wohnzimmer in der Natur.

Jetzt hab ich dich schon Jahre nicht mehr gesehen. Trotzdem läuft manchmal die Kindheit und Jugend wie ein Film vor mir ab, wenn ich nur ein Foto von dir sehe. Du hast immer noch die gleiche Ausstrahlung...

© Janine Werner

24. Stiehls Teich, Ohligs - © Martina Hörle

Wer bin ich?

Neunzehnhundertzweiunddreißig
zog der Wilhelm einst hierher.
Schnell war heimisch er geworden,
wollte Tiere immer mehr.

Wurde alsbald Mitglied in dem
Ziergeflügelzuchtverein.
Nach dem Krieg, da ging es weiter,
mit Geschöpfen groß und klein.

Wohne ganz dicht bei der Wupper,
gleich zwischen Glüder und Höhrath.
Otto Intze hieß mein Vater,
der mich damals geschaffen hat.

Im Kreis-Intelligenzblatt stand
an einem schönen Tag im Mai,
dass man mich jetzt geboren hat
im Jahre neunzehnhundertdrei.

Das Lochbachtal

Wir leben in grauen Häusern, zwischen grauen Straßen in grauen Städten. Wenn man als Stadtkind aufwächst, gibt es nicht viele Orte, an denen man die Magie der Natur erleben kann. Doch einige existieren immer, sie klammern sich in jeder Stadt hartnäckig fest, zwischen dem Asphalt und den Rigipsplatten. Sie funkeln wie bunte Juwelen zwischen all dem Grau. Man muss sie nur sehen wollen. An eine dieser Stellen möchte ich dich heute mitnehmen. Komm, gemeinsam besuchen wir das Lochbachtal. Ich puste sanft den grauen Alltagsstaub und die Abgase aus deinen Augen. Blinzle noch einmal, und du kannst die bunten Farben der Magie sehen. Nimm meine Hand, es geht los.

Wir starten in Ohligs. Von hier aus schlängelt sich das Lochbachtal mit dem dazugehörigen Lochbach, verflochten mit Wanderwegen, durch die Stadt. Wir gehen vorbei am Tennisplatz und den geparkten Autos. Bald schon rahmen Bäume unser Blickfeld, der Geruch nach Waldboden steigt uns in die Nase, und aufgeschüttete Hügel versperren links und rechts die Sicht auf die Straßen und Häuser. Die Rufe vom Tennisplatz werden leiser. Raschelt dort nicht etwas im Gebüsch?

Streng deine Sinne an. Du brauchst sie alle, wenn du die Magie hier erleben möchtest.

Der Weg teilt sich: Links kann man nah am Bach gehen, über Wurzeln und Steine springen und den Oktopusbaum sehen. Wenn du ihn siehst, weißt du, welchen ich meine. Für ein Vollmondritual, um zum Beispiel das Gelingen einer Mathearbeit zu beschwören, kann ich die Lichtung hier vorne empfehlen. Aber setzt euch schön dicht um das Lagerfeuer, sonst sieht man euch – und wenn ihr die erschrockenen Schritte im Dunkeln wegrennen hört, ist es schon zu spät, um die düsteren Gerüchte aufzuhalten, die ihr danach zu Ohren bekommt.

Aber heute nehmen wir den oberen Weg, vorbei an ein paar Vorgärten, Igelschildern und Bienenkästen. Unsagbare Geheimnisse liegen hinter dem erhabenen Blick der Katzen dieser Straße verborgen. Eine von ihnen trägt ein Zielscheibenmuster auf der Seite. Wenn man sie fünf Mal mit geschlossenen Augen küsst, genau in die Mitte ihrer Zielscheibe, dann hat man einen Wunsch frei. Aber festhalten darf man die Katze nicht! Sonst gibt es für jeden Kuss ein Jahr lang Pech.

Wir gehen weiter. Die Pfade führen zusammen und teilen sich direkt wieder. Wir nehmen den rechten, weiter flussaufwärts am Bach entlang. Keine Angst, ich kenne den Weg. Auf beiden Seiten des Baches gehen hin und wieder Wege ab, links und rechts: Manchmal als schmale Pfade, die in Hecken münden, manchmal als Treppen, manchmal als Brücken oder Tore. Augenscheinlich führen sie in Wohnsiedlungen, in Hintergärten und zwischen Häuser. Doch manchmal, wenn man sich eine Weile im Kreis gedreht hat und entschlossen genug losspurtet, führt einer der Wege an einen legendären, anderen Ort, fernab von hier. Nur wenige haben den Sprint geschafft. Wohin? Das mag ich dir nicht sagen. Es funktioniert nur, wenn man nicht weiß wo man landen wird.

Ab und an trifft man auf dem Spazierweg die Heckenhexe; sie sieht jeden Tag wie jemand anderes aus, aber immer grüßt sie höflich. Woran man sie dann erkennt? Natürlich an ihrer Aura: Niemand sonst hat so ein strahlendes Pink. Manchmal folgt sie dir, ohne dass du sie siehst. Du hörst ganz genau ihre knarzenden Schritte im Kies, das leise Platschen in Pfützen, dicht hinter dir. Du spürst ihren kühlen Atem im Nacken und riechst drehende Wolken, nasses Gras und heißen Gewürztee an einem schwülen Tag. Aber es ist egal, ob du dich nach ihr umdrehst oder nicht. Wenn du sie hörst, bevor du sie siehst, will sie heute nicht reden, und du wirst sie nicht sehen.

Hier vorne, am Wegrand, steht ein moosüberwachsener Baumstumpf. Früher ein Thron des Elfenvolkes, ist er in den letzten Jahren aus der Mode gekommen. Wir können hier verschnaufen, wenn du magst. Keine Angst, den Elfen ist es egal. Danach gehen wir weiter, durch die Straßenunterführung und noch ein Stück danach. Einige Meter unter uns glitzert der Bach in der Sonne, und wir haben freien Blick auf die Gärten, die dahinter liegen. Es ist unhöflich, zu lange zu starren. Selbst wenn die rostigen Gartentore, Brücken, Asthütten und Bogenzielscheiben uns verlockend angrinsen.

Abrupt lichten sich die Äste, und es bietet sich uns ein fast freier Blick in den Himmel. Ein paar der hiesigen Bäumeroyalitäten wurden ihrer Kronen entledigt, da sie Gefahr liefen, ihre Häupter vor der Göttin des Windes zu beugen. Ich ziehe dich an der Hand weiter, den schattigen Pfad entlang.

Siehst du hier links unten die Brücke mit den zwei Wegen, die V-förmig die steile Kante hinab leiten? Bei feuchtem Wetter rutschen Kobolde und Gnome in ausgelassenem Spiel diese Steilpfade hinunter. Die Schneisen, die sie dabei in den Schlamm schlagen, sehen für unsere Augen wie Fahrradspuren aus. Rechts oben ist eine Bank. Wenn es regnet, können wir von hier dem bunten Treiben im Schlamm zuschauen. Am besten pfeifst du dabei laut, damit sie nicht auf die Idee kommen, wir würden sie belauschen.

25. Lochbachtal, Merscheid - © Martina Hörle

Vorsichtig tasten wir uns einen der Wege nach unten. Wir treten auf die Brücke und verlieren uns im Anblick des Wasserlaufes, so lange wir wollen. Aber falls du einen Ring unter den Wellen siehst, lass ihn liegen! Der Troll, der unter der Brücke lebt, hat geschworen, die Hand seiner Tochter dem Berger des Ringes zu schenken. Leider ist sie eine schreckliche Mitbewohnerin, hört laute Musik in keiner uns bekannten Tonlage, lässt ihr Geschirr dreckig stehen und will immer bestimmen, was man im Fernsehen guckt.

Jetzt gehen wir den unteren Pfad entlang, dicht an den gurgelnden Bach geschmiegt, der aufgeregt blubbernd den neuesten Tratsch an die Steine weitergibt. Du musst Verständnis für ihr Lästern haben, im Leben der Steine passiert sonst nicht viel Aufregendes. Wir kommen vorbei an moosüberwachsenen Stämmen, dickem Wurzelwerk, plattgetreten im Laufe der Jahre, und einer kleinen Lichtung, auf der abends flimmernde Tanzduelle ausgetragen werden. Einmal zu oft geblinzelt, schon verschwinden die kleinen Wesen.

Der Pilz ist hier überall, auch wenn er seine Vielzahl an Köpfen nur im Herbst zeigt. Er flüstert in einer Sprache, die seit Äonen von niemandem mehr erlernt wurde. Leider ist der Pilz kein guter Lehrer, auch wenn er selbst vom Gegenteil überzeugt ist.

Wir folgen schließlich dem Weg wieder rechts nach oben und machen uns auf den Rückweg. Hier steht ein lehrreiches Schild über Flusskrebse. Eigentlich ist es das schwarze Brett des Elfenvolkes, aber sie können sich nichts Spannenderes vorstellen als Mittelstufenbiologie. Wir könnten hier noch viel weiter gehen, am Industriegebiet vorbei, über die Straße, die den Wald durchquert, und dann wieder hinauf und hinab zum Bach und zu neuen Abenteuern.

Aber den Rest des Lochbachtales lasse ich dich alleine erforschen, an einem anderen Tag. Inzwischen dämmert es schon. Vielleicht sehen wir auf dem Rückweg ein paar tief fliegende Gedanken, die sich die Ideenfeen von Baum zu Baum zuwerfen. Leicht zu erkennen, sind sie doch bunter als die braunen Fledermäuse, die zwischen ihnen fliegen. Wenn du Glück hast, fällt sogar einer dieser Gedanken herunter und landet in deinem Kopf. Manchmal renne ich den Weg, um möglichst viele dieser Ideen in mein Gehirn klatschen zu spüren.

Wir verabschieden uns, erschöpft gehen wir nach Hause. Aber die bunten Bilder der Magie sind fest in deine Netzhaut gebrannt und spiegeln sich auf allen grauen Oberflächen, die du den Rest des Tages anguckst. Ich komme oft hierher. Wenn du noch einmal das Lochbachtal besuchst, treffen wir uns vielleicht.

© Hanna Walsken

26. Lochbachtal, Merscheid - © Martina Hörle

Eine Reise in die Vergangenheit

Die Sonne spielt mit den frühlingsgrünen Blättern und zaubert Licht- und Schattenspiele auf den Waldboden. Das trockene Laub vom Vorjahr raschelt unter meinen Sohlen, während die Vögel ein Konzert der Erneuerung und Lebensfreude geben und ein Specht den Takt vorgibt. Farn entrollt sich, ein Zitronenfalter tanzt mit dem sachten Windhauch, und das satte Brummen einer Hummel begleitet meine Schritte. Es ist ein Frühlingsmorgen, der nach Neuanfang duftet. Im Stadtwald scheint um diese Zeit außer mir niemand unterwegs zu sein. Hermes und Cian, meine Tierschutzhunde, genießen die friedvolle Atmosphäre. So wie ich.

Langsam gehe ich auf dem Waldweg entlang, der durch Mischwald und an einer Fichtenschonung vorbeiführt. Überall entfaltet sich frisches Grün, die wärmende Frühlingssonne lässt die Natur explodieren.

Ich habe es nicht eilig, will jeden Moment erfühlen. Mein Ziel liegt nicht im Hier und Jetzt, obwohl es sich noch heute erahnen lässt und einige sichtbare Spuren durch die Jahrhunderte erhalten geblieben sind.

Jeder meiner Schritte trägt mich ein winziges Stück in die Vergangenheit.

Die Ringwallanlage Galapa.

Rund sechshundert Meter erstreckt sie sich vom Sporn des Jagenbergs aufwärts, alles von Wald bedeckt. Sogar auf dem großen Wall, der den Burgstall einfriedet, sind Bäume gewachsen, manche durch den unnatürlichen Untergrund so schief, dass sie kurz vor dem Umfallen scheinen.

Wer diese gewaltige Anlage einst errichtet hat, deren Wälle und Gräben die Bewohner schützten, ist heute nicht mehr zu ermitteln. Archäologische Probegrabungen konnten nicht klären, ob es die Kelten oder Germanen waren, die innerhalb dieser Wälle lebten.

Doch das ist für mich nicht von Bedeutung. Ich weiß, dass ich heiligen Boden betrete, der mich mit meinen Ahnen verbindet – nicht des Blutes, sondern des Geistes.

An einer Stelle des mächtigen Walles hat die Erosion den Waldboden aufgerissen, und die sorgfältig gelegten und mit Mörtel befestigten Steine, die hier zu erkennen sind, lassen erahnen, wie viel Mühe und Arbeit unsere Vorfahren in den Bau ihrer Burg investiert haben.

Ich schließe die Augen und fühle ihre Gegenwart. Ich spüre die Energie, die meine Fußsohlen zum Prickeln bringt, und mein Geist geht auf Reisen in eine ferne Vergangenheit. Vor meinem inneren Auge erscheint das Bild dieser Festung. Die Hügelkuppe thront frei von Bäumen über der Wupper. Der Ringwall – weithin sichtbar – demonstriert Sicherheit und Macht. Hütten aus grauem Stein, mit Dächern aus Reisig und Schilf, breiten sich zwischen den Wällen aus. Menschen gehen ihrem Handwerk nach, Feuer brennen, ihr Rauch steigt in den klaren Frühlingshimmel.

Ein leises Raunen und Flüstern dringt an mein Ohr. Keine Worte, keine Sätze sind zu verstehen. Nur ein Murmeln unzähliger Stimmen.

Das Wispern der Ahnen.
Es hallt durch die Zeiten.
Und findet meine Seele.

27. Ringwallanlage Galapa, Burg - © Martina Hörle

Solinger Mundart

Ein kleines Wörterbuch

Soliger Platt	Hochdeutsch
aleg	ganz und gar, völlig
baimeln	langsam gehen
Banden	Wiesenrain
Bängde	Bangigkeit, Angst
Batzestupp	Baby
Beeke	Bach
Bieren	Birnen
Blagen	Kinder
Bongert	Baumhof
Bosch	Wald
Burschlütt	Bauersleute
dangßend	tanzend
Dauhter	Tochter
Dengen	Fachwerkhaus
Dürpel	steinerne Türschwelle
Efall	Einfall
Feild	Feld
Fläude	Ohnmacht
Friederschdall	Friedrichstal
gekort	etwa: probiert, genossen
Hippe	Ziege
Houltleffel	Holzlöffel
hüddeg	heutig
huorten	hörten (von hüören, hören)
Hüsken	Holztoilette, Häuschen
knatschrut	knallrot
kortbörschteg	kurzatmig
Koußdrock	Kunstdruck
lustern	neugierig lauschen

Mötsche	Mütze
Müter	Kater
nöüschieren	neugieren
Oberam	Abraham
örklech	etwa: inniglich
Oschouldsgeseïhte	Unschuldsgesicht
platzdessen	stattdessen
Pött	Brunnen, Quellbrunnen
retur	zurück
scheïf	schief
Siirusen	Seerosen
soterschdahs	samstags
strehlen	streicheln
strongßen	angeben
süöt	süß
tault	zählte (von: tellen – zählen)
Utbleck	Ausblick
verdahl, verdex mech	verdammt!
Verdonnesminner	entschuldige!
verklören	erklären
verliëden	vergangen
vleïhts	vielleicht
witt	weiß

© Andreas Erdmann

Wer bin ich?
Rätsel rund um Solingen

Auflösung

Abbildungsverzeichnis

Die Autoren

Martina Hörle

Andreas Erdmann

Olaf Link

Karla J. Butterfield

Beate Kunisch

Kay Ganahl

Armin Tofahrn

Annette Oppenlander

Nadine Diab

Peter Amann

Ingo Schleutermann

Janine Werner

Franz Fuhrmann

Hanna Walsken

Jule Pommer

Thang Nguyen

Franka Niebeling

Robert Schreiber

Saga Grünwald

Die Herausgeberin

Martina Hörle, geboren 1959 in Solingen, geprüfte Betriebs- wirtin, arbeitet als freiberufli- che Text- und Fotojournalis- tin. Zuvor war sie viele Jahre als Dozentin in kaufmänni- schen Fortbildungen und Umschulungen tätig.

Sie schreibt hauptsächlich Kurzgeschichten, Märchen und lyrische Texte. Am liebsten ist sie dabei in mystischen Welten unterwegs. Sie hat bereits zahlreiche literarische Veranstaltungen organisiert, häufig mit musikalischer Begleitung, und übernimmt als Lau- datorin die Eröffnung von Vernissagen.

2014 schloss sie die Fortbildung als Märchenerzählerin ab und gründete im gleichen Jahr die Solinger Autorenrunde. Seit 2020 ist sie Mitglied im Freien Deutschen Autorenverband NRW.

www.martinahoerle.jimdofree.com

Publikationen

- Wo alles endet und alles beginnt (Mystische Erzählung in 5 Teilen)
- Zeitgedanken (Lyrische Texte und Verse mit Fotografien von Andreas Erdmann)
- Es geschah (n)irgendwo (eine Sammlung mystischer Geschichten, illustriert von Ingo Schleutermann)

Laudatorin bei

- Vernissage „FuturTier" – Galerie Kirschey zum Kultur-Morgen 2019
- Vernissage „Besucher einer Ausstellung" – Fotokünstler Wolfgang Vomm in der Dampfschleiferei Loosen Maschinn in Solingen Widdert

Organisatorin kultureller Events:

- Halloweenfestival 2016 im Alten Stellwerk bei Stefan Seeger
- Märchenfestival 2016 im Alten Stellwerk bei Stefan Seeger